U0525631

长河落日耀金戈

Changhe Luori YaoJinge

中国古代北方少数民族征战史例

汪明军 著

团结出版社

© 团结出版社，2025 年

图书在版编目（ＣＩＰ）数据

长河落日耀金戈：中国古代北方少数民族征战史例 / 汪明军著 . -- 北京：团结出版社，2025.5
　ISBN 978-7-5234-0805-6

Ⅰ.①长… Ⅱ.①汪… Ⅲ.①纪实文学 - 中国 - 当代 Ⅳ.① I25

中国国家版本馆 CIP 数据核字 (2024) 第 021933 号

责任编辑：	韩　旭
封面设计：	谭　浩

出　　版：	团结出版社
	（北京市东城区东皇城根南街 84 号　邮编：100006）
电　　话：	（010）65228880　65244790
网　　址：	http://www.tjpress.com
电子邮箱：	zb65244790@vip.163.com
经　　销：	全国新华书店
印　　装：	天津盛辉印刷有限公司
开　　本：	145mm×210mm　32 开
印　　张：	5.75　　　　　　字　数：134 千字
版　　次：	2025 年 5 月　第 1 版　　印　次：2025 年 5 月　第 1 次印刷
书　　号：	978-7-5234-0805-6
定　　价：	38.00 元

（版权所属，盗版必究）

前 言

唐代著名诗人王维在《使至塞上》中以"大漠孤烟直，长河落日圆"的诗句描述了塞北边陲壮阔雄奇的景象，留下脍炙人口的千古佳句。中国自古以来就是统一的多民族国家，在历史发展的长河中，各民族书写下无数激昂壮烈的诗篇，其中尤以起源自塞北草原大漠的北方各少数民族贡献最为突出。从公元前3世纪起，这些少数民族纵横大漠、追光逐日，与中原华夏民族既有征战、又相融合，共同开拓了祖国的疆域，书写了历史变迁，为中华民族共同体的形成打下了坚实基础。本书记载了一些北方少数民族鲜为人知的战史战例，以征战述变迁叹兴亡，旨在让广大读者更加深入了解中华历史精彩绝伦的另一页。

目 录

一、氐家英豪建奇功——吕光伐西域之战始末 ………………… 1

战前形势 / 氐族英豪 / 扬威异域 / 万里东归 / 建立后凉 / 英雄暮途

二、圣人北望射天狼——隋与突厥战争史略 ………………… 17

狼的子孙：突厥民族起源 /

阿瓦尔古丽的传说：柔然人的兴衰 /

天狼长啸：突厥兴起并介入周、齐纷争 /

一箭双雕的典故：长孙晟战略指导下隋与突厥的初次交锋 /

宜将剩勇追穷寇：隋对突厥的持续讨伐及突厥内部分裂 /

圣人之光照朔漠：隋朝对突厥的完全胜利及启民可汗统一草原 /

尾声

三、唐风劲扫胭脂地——焉耆国简史和唐朝对焉耆战争记略 … 55

龙驹美酒伽蓝音：隋唐以前焉耆国的历史变迁 /

双雄竞会：唐初西域形势及唐攻灭焉耆之战始末探究 /

丝路烽烟不绝缕：吐蕃的崛起与唐对焉耆统治的逐渐瓦解 /

尾声：明珠之光终不绝

四、拯唐启宋风云会——沙陀族中原征战史 ………………… 83

胡汉交融的风俗特点 /

南征北讨的赫赫军功 /
内外消磨下的黄昏时代

五、贺兰黄沙肇雄图——辽与西夏之战小记 ················ 101
暗潮涌动：辽夏双方的战争准备 /
致命的沙尘暴：第一次贺兰山之战 /
差强人意的结局：第二次贺兰山之战

六、宜水之畔鸣镝响——女真与党项的初次交锋 ············ 115

七、塞马嘶鸣叹兴亡——蒙金野狐岭之战记略 ·············· 125
血仇 / 兴兵 / 决战野狐岭

八、君自林木部落来——蒙古瓦剌部兴衰史及土木堡之役略考··· 145
民族起源 / 统一漠北 / 土木惊雷

九、重重关山度若飞——鲜卑民族迁徙的壮烈之歌 ·········· 165

十、巾帼从不让须眉——从独孤天下走向隋唐盛世 ·········· 171

一、氐家英豪建奇功——

吕光伐西域之战始末

西晋建兴四年（316），匈奴铁骑攻陷长安，晋愍帝司马邺肉袒出降，西晋王朝宣告灭亡。此后数十年里，匈奴、鲜卑、羯、氐、羌等五个少数民族相继进入中原并建立政权，中原大地又陷入连绵不绝的战乱之中。在此期间，曾经有一支孤军转战河西玉门之外，把中原王朝的威名远播万里，现在就让我们一起重回历史，追寻1700多年前那段被遗忘的金戈铁马吧。

一、战前形势

东晋太元元年（376），中国大地上南北对峙着两个政权，位处淮河以南的是东晋王朝。就在三年前，权臣桓温怀抱着"受禅"未成的遗憾郁郁而逝，司马氏战战兢兢地度过了"国祚中断"的统治危机，倚靠着王、谢等南渡士族支持，东晋王朝算是危而复安。桓温死后，谢安执政，桓温之弟桓冲镇守荆州，扼南北大江之要冲，与谢安同心扶保帝室，内讧不止的朝廷迎来了短暂的和睦气象。谢安对内"镇之以和静"，对外由于前期桓温北伐败于前燕，暂时也无力经略中原，"恢复河洛"也成了一个遥不可及的念想。

与东晋隔淮河遥遥相望的便是氐族建立的前秦政权，在漫长的东晋十六国大分裂时代，它给后世留下了太多的故事。氐族是一个古老的民族，自殷商时期就活跃于中国的历史舞台。《诗经·商颂》曰："昔有成汤，自彼氐羌，莫敢不来享，莫敢不来王。"氐族最早生活在今天的四川西北部，经过数百年繁衍生息，至西晋年间，足迹已遍布陇南关中一带[①]。永和六年（350），氐族豪酋苻洪自称大都督、大将军、三秦王，图谋进据关中，不想被部将麻秋所害。苻洪

---

① 蒋福亚：《前秦史》，社会科学文献出版社2020年版，第一章第一节第2-3页。

死后，其子苻健继承其志，迅速入关，并于次年（永和七年，公元351）正式称王建国（苻健立国后先称天王、大单于，于次年改称皇帝），国号"大秦"，史称"前秦"。至升平元年（357），东海王苻坚杀其君苻生自立为天王。苻坚继位后，以王猛辅政实施中央集权，鼓励恢复经济，崇尚儒学，奖励文教，前秦国势大盛，史称"关陇清晏，百姓丰乐"。修明内政以后，苻坚君臣积极向外扩张，太和五年（370），前秦灭前燕，擒燕主慕容㬢；次年，灭仇池氐杨氏；宁康元年（373），西南夷邛、筰、夜郎皆归附于秦；太元元年（376），前秦灭前凉；同年，进兵灭代，统一北方。最鼎盛时前秦疆域东至大海，西抵葱岭，南控江淮，北及大漠，成为中国历史上第一个统一北方的少数民族政权。

关于苻坚，历代史家褒贬不一。有人说他是"一代雄主"，但更多人诟病其"妇人之仁"。无论后世评价如何，当时苻坚统治下的前秦国势方兴未艾，特别是在以王猛为代表的一大批汉族谋臣辅佐下，氐族统治集团汉化程度不断加深，渴望完成统一华夏的伟业。扫平北方之后，苻坚积极厉兵秣马，准备南下攻晋。而就在秦军"耀兵江汉、饮马淮水"之际，一片古老而又悠远的土地也不期然地牵动了苻坚的雄心，这便是以丝绸之路而名垂后世的西域。

自西汉以来对玉门关、阳关以西地域统称"西域"。"西域以孝武时始通，本三十六国，其后稍分至五十余，皆在匈奴之西，乌孙之南。南北有大山。中央有河，东西六千余里，南北千余里。东则接汉，阸以玉门、阳关，西则限以葱岭。"[①] 汉武帝时博望侯张骞"凿空"之行，开启了华夏文明与西域地域和文化上的联系，西域三十六国形式上已臣服了汉朝中央政权，至汉宣帝时，汉设西域都

---

① 《汉书》卷96上《西域传第66上》，中州古籍出版社，2014，第347页。

护府作为管理西域三十六国的政治、经济、文化和军事中心，西域都护均由皇帝亲自任命，西域第一次被纳入了中国版图。东汉之际班超再通西域，汉再设西域长史府，将天山南北各地都纳入了东汉王朝的有序管理之下。东汉中后期，中央政府衰微，陇右青海地区爆发的羌族大起义严重消耗了汉朝国力，使汉王朝在西域的控制力和影响力大大下降。之后的三国两晋大分裂时代，各方势力逐鹿中原，对西域鞭长莫及，西域各国互相兼并，至东晋初年形成了鄯善、车师等几个大国并立的局面。前秦灭亡前凉之后，其与西域往来日益密切，"先是，梁熙遣使西域，称扬坚之威德，并以缯彩赐诸国王，于是朝献者十有余国"[1]。至太元七年（382）九月，车师前部王弥窴、鄯善王休密驮来到长安朝贡，前秦与西域的交流开启了新的一页。

二、氐族英豪

吕光（337—399），字世明，略阳郡（今甘肃省秦安县）氐族人，前秦太尉吕婆楼之子。其先祖吕文和为汉高祖皇后吕雉族人，周勃诛诸吕，吕文和逃奔至略阳，与氐人杂居，世代为当地大族。其父吕婆楼是前秦官员，曾辅佐前秦天王苻坚登位，并举荐了王猛，对前秦政权立有大功，后官至太尉。出身名门望族的吕光从小就表现出不凡之处，《晋书吕光载记》中记载："光生于枋头，夜有神光之异，故以光为名。年十岁，与诸儿童游戏邑里，为战阵之法，侪类咸推为主。部分详平，群童叹服。及长沈毅凝重，宽简有大量，喜怒不形于色。时人莫之识也，惟王猛异之，曰：'此非常人。'言之苻坚，举贤良，除美阳令，夷夏爱服。"[2]成年之后的吕光

---

[1] 《晋书》卷113《载记第13》，中华书局点校本，1974，第2900页。
[2] 《晋书》卷122《载记第22》，中华书局点校本，1974，第3052页。

更是有勇有谋,屡建大功,迅速成为前秦王朝的中流砥柱。

东晋升平元年(357),前秦大将军、冀州牧张平乘前秦内乱之机反叛,投降东晋,并先后占据新兴(今山西省忻州市)、雁门(今山西省代县)、上郡(今陕西省榆林市东南)等地,次年二月,苻坚亲征张平,以建节将军邓羌为前锋督护,率领骑兵五千人,在汾水沿岸布防。张平派养子张蚝迎战。邓羌以机智善战闻名,张蚝亦英勇矫健,双方僵持十余天,未见胜负。三月,苻坚率军抵达铜壁(今陕西省铜川市西),张平出动全部兵力迎战,张蚝单枪匹马闯入秦军阵地,秦军无人能敌。苻坚悬赏招募勇士,吕光率先出战,将张蚝刺于马下,随后邓羌将其生擒。张平战败后再度投降苻坚。吕光从此威名大振。

太和二年(367),前秦再度发生内乱,宗室苻双、苻武等反于秦州,苻坚派军讨伐但被苻双大将苟兴击败,苻坚于是派吕光(时为宁朔将军)与武卫将军王鉴等率众三万讨伐。四月,苻双、苻武乘胜到达榆眉(今陕西省千阳县东),以苟兴为前锋。王鉴本想立刻决战,吕光则认为苟兴刚胜仗,气焰嚣张,秦军应稳重行事,等待有利时机,待苟兴粮尽撤退时再行追击便可一举获胜。对峙二十多天后,苟兴果然退兵,吕光推测苟兴退兵必是要攻打榆眉,如果任其占领榆眉,将对秦军造成很大威胁,应该迅速进兵。前秦诸将按照吕光的部署,一举打败了苟兴的军队,随后又乘胜追击,大败苻双、苻武,俘斩叛军一万五千人,苻双、苻武逃往上邽(今甘肃省清水县)。三个月后,王鉴攻克上邽,苻双、苻武皆被斩杀。

太元五年(380),前秦幽州刺史、行唐公苻洛自认为有灭代国之功,求开府仪同三司之职不得,遂于当年三月在和龙(今辽宁省朝阳市)自称大将军、大都督、秦王,并率军七万自和龙出发南下。苻洛反叛,前秦朝野震动,苻坚召集群臣商讨对策,吕光认为苻洛作为秦王至亲而谋逆，将招致天下人的反对与唾弃，朝廷只需派出步骑五万，便能一举讨灭。苻坚遂令冀州牧苻融为征讨大都督，率领步骑四万讨伐苻洛，吕光与左卫将军窦冲等随军出征。叛军方面，北海公苻重带领蓟城（今北京市西南）军与苻洛会合，共计十万余众，屯于中山（今河北省定州市）。五月，两军在中山决战，叛军大败，苻洛被擒送长安，苻重则逃往蓟城，后被吕光斩杀，幽州之乱平定。战后吕光因功被任命为骁骑将军，后又任太子右率（西晋官名，晋武帝泰始五年分太子卫率置，宿卫东宫，亦任征伐，地位颇重），日益为苻坚所宠信。

三、扬威异域

话接前文，前秦建元十八年（382）九月，车师前部王弥寘、鄯善王休密驮来到秦都长安，朝见苻坚，弥寘等见前秦宫宇壮丽，仪卫严肃，有感于前秦国力强大，遂请年年入贡，苻坚不许，寘等一再奏请说："大宛诸国虽通贡献，然诚节未纯，请乞依汉置都护故事。若王师出关，请为乡导。"[①]强烈要求苻坚进兵西域，虽然以阳平公苻融为代表的诸多重臣认为西域荒远，得其民不可使，得其地不可食，今劳师万里之外，得不偿失。但内心一直渴望再创秦汉盛世的苻坚决心效法汉武帝征服西域，开创"化被昆山，垂芳千载"的不世功业。

西域远去长安千里，关山遥隔、风俗迥异。远征军统帅不仅要英勇善战，更需要谋略过人、坚毅果决，能够决胜千里，没有太多犹疑，苻坚选择了智勇双全，战功赫赫的吕光。太元八年（383）

---

① 《晋书》卷114《载记第14》，中华书局点校本，1974，第2911页。

正月，苻坚以骁骑将军吕光为使持节、都督西域征讨诸军事，与陵江将军姜飞、轻车将军彭晃、将军杜进和康盛等人率十万大军讨伐西域。吕光自长安出发，苻坚在建章宫为其送行，训诫吕光要尊重西域风俗，并以大国怀柔之道加以羁縻，使其臣服即可，断不可穷兵黩武，过分掳掠。太子苻宏则拉着吕光的手，鼓励他自爱自重，建功立业。带着前秦举国的希望，带着建立更大功业的雄心，这支大军在吕光统帅下离开长安，越过玉门阳关，向遥远的西域进发。

出征后的吕光率军行至高昌（今新疆吐鲁番东南）时，得报苻坚攻晋，曾想停军候命。部将杜进说："节下受任金方，赴机宜速，有何不了，而更留乎！"遂继续挥军前行。大军在茫茫戈壁和沙漠中行进三百多里，沿途皆无水，将士失色、军心不稳。吕光激励将士说："吾闻李广利精诚玄感，飞泉涌出，吾等岂独无感致乎！皇天必将有济，诸君不足忧也。"[①] 精诚所至，天降大雨，深达三尺。吕光遂进军至焉耆，焉耆国王泥流未作抵抗便举国投降了秦军。

就在前秦军节节胜利之际，西域另一大国龟兹（今新疆库车）正在厉兵秣马，准备与秦军较量一番。此战关乎西征成败，吕光不敢等闲视之，他先命部众在龟兹城南集中，每五里设一营，挖战壕、筑高垒，并广设疑兵，以木为人，披上盔甲，排列在高垒上。龟兹国王帛纯（也有记载为"白纯"，应为音译不同）见秦军兵锋锐利，不敢正面交战，只能尽驱百姓于城中，凭坚城固守。吕光遂展开攻城，战至次年七月，龟兹渐渐不支，于是向狯胡（另一少数民族）请求援兵。狯胡王派其弟呐龙、侯将馗率骑兵二十余万，另集中温宿、尉头等国军队七十余万（似为夸大之数，西域地广人稀，合理之数应为十余万）救援龟兹。西域各国军队多以骑兵为

[①]《晋书》卷122《载记第22》，中华书局点校本，1974，第3054页。

主,弓马娴熟,善于使矛,并且多以革索做成绳套,策马掷人,每击必中;同时身披硬甲,弓箭难以射穿,战斗力很强。面对这样的对手,久经沙场的前秦诸将也感到畏惧,准备连营列阵以自固,但是吕光认为敌众我寡,如果每营列阵难免兵力分散、救援不及,绝非良策。于是命令各营聚于一地,又操练勾锁之法,另派精骑作为游军,随时补充各个缺口。随后双方在龟兹都城屈茨(今新疆库车东)以西展开决战,前秦军斩敌万余,大获全胜,帛纯慌忙收拾珍宝出城逃走。

吕光入城后,发现龟兹都城建筑布局模仿长安,不仅宫室壮丽,而且生活奢侈(龟兹贵族普遍看重养生,家中都存放有葡萄酒,多者达到千斛),于是叫参军段业写了一篇《龟兹宫赋》来讥讽龟兹王室。此战过后,吕光威名远播西域,诸国竞相贡奉归附,合计有三十余国。为了招揽人心,吕光扶植了帛纯之弟帛震为龟兹王。《晋书》记载:"(吕光)抚宁西域,威恩甚著,桀黠胡王昔所未宾者,不远万里皆来归附,上汉所赐节传,光皆表而易之。"[①]在取得军事胜利的同时,吕光安抚西域诸国的一系列举措,证明了其不仅军事才能出众,政治眼光也过于常人,这为他日后建立后凉政权奠定了基础。

苻坚听说吕光平定西域,下诏以吕光为使持节、散骑常侍、都督玉门以西诸军事、安西将军、西域校尉。此时关中已经大乱,道路断绝,所以使者消息未通。无论如何,西征已取得了辉煌胜利,吕光为前秦王朝立下的军功已臻顶峰,面对中原乱局,接下来的他又将何去何从,如何抉择?

---

① 《晋书》卷122《载记第22》,中华书局点校本,1974,第3055页。

四、万里东归

东晋太元十年（385），在平定龟兹之后，吕光见西域富饶安定，一度萌生常留此地的想法，为此他大飨文武，商量去留进止大计，众人却纷纷表示想回归故土，而享有盛名，对吕光有着重要影响的名僧鸠摩罗什也劝之东还。鸠摩罗什（344—413），西域龟兹国人，在中国古代佛教史上具有重要地位，其7岁时随母亲出家，长大后精通大小乘佛法，成为一代宗师，声名远播至中土。秦王苻坚久仰其名，曾说："朕闻西域有鸠摩罗什，将非此邪。"吕光出征西域时，苻坚还特意嘱咐他，一旦俘获鸠摩罗什，要马上送到长安。后来吕光攻陷龟兹，"俘虏"了鸠摩罗什，但因吕光本身并不信佛，又见鸠摩罗什年轻，一开始对他并不以为意。还曾经恶作剧地强迫他娶龟兹公主。直到一次吕光行军中途在山下扎营休息。鸠摩罗什劝道："在此必狼狈，宜徙军陇上。"①吕光不听。当晚，果然大雨滂沱，山洪暴发，积水有数丈深，将士死亡有数千人。此时，吕光方才相信鸠摩罗什确有神异之处。

众意难违，当年三月，吕光班师，史载"师以驼二万余头致外国珍宝及奇伎异戏，殊禽怪兽千有余品，骏马万余匹"②，算是满载而归，此时的吕光也算是"荣归故国，衣锦还朝"。然而并不是每个人都那么希望和欢迎吕光及西征军的归来。

九月，经过半年跋涉的西征军已经接近凉州，前秦高昌太守杨翰立即劝说凉州刺史梁熙据守高梧、伊吾二关（高昌至玉门的两处关隘），关闭境内通道，拒绝吕光军入境。这倒不是这二人妒忌吕

---

① 《晋书》卷95《载记第65》，中华书局点校本，1974，第2500页。
② 《晋书》卷122《载记第22》，中华书局点校本，1974，第3056页。

光战功或者与他有什么私人恩怨,而是天下形势已发生巨变。两年前正当吕光还在西域奋战之际,前秦以百万大军南下攻晋,结果大败于淝水,苻坚仅以身免,昔日不可一世的前秦帝国开始土崩瓦解。此时吕光拥兵十万而来,作为前秦边臣的杨翰、梁熙难免认为吕光会有异图。杨翰向梁熙建议:"吕光新破西域,兵强气锐,闻中原丧乱,必有异图。河西地方万里,带甲十万,足以自保。若光出流沙,其势难敌。高梧谷口险阻之要,宜先守之而夺其水;波既穷渴,可以坐制。如以为远,伊吾关亦可拒也。度此二厄,虽有子房之策,无所施矣。"①美水令张统也劝梁熙拥立前秦行唐公苻洛对抗吕光,但是柔弱的梁熙都没有听从。

一开始吕光听说杨翰之谋,十分担心,同时又得到苻坚伐晋失败、关中大乱的消息,一时间进退两难,便想在此停军。其大将杜进对吕光说:"梁熙文雅有余,机鉴不足,终不能纳善从说也,愿不足忧之。"②力劝吕光收拾军心,迅速进军。途中,敦煌太守姚静、晋昌太守李纯都举郡投降了吕光。进至高昌,太守杨翰也举郡投降。军至玉门,梁熙才如梦初醒,一面遣使责备吕光未接诏书,竟擅自撤军,同时急命子梁胤为鹰扬将军率五万人在酒泉堵截吕光。吕光也以牙还牙,责备梁熙不但没有奔赴国难,反而阻遏回国的远征大军。并派彭晃、杜进、姜飞为前锋,与梁胤战于安弥(今甘肃省酒泉市东),梁胤大败,率数百骑东逃,被杜进所擒。武威太守彭济擒获梁熙后向吕光投降,吕光将梁熙斩首。不久,吕光进入姑臧(今甘肃省武威市),自领凉州刺史、护羌校尉,凉州所属郡县纷纷归附。自此,西征两年的吕光又在中华的故土上站稳了脚跟。

---

① 《晋书》卷122《载记第22》,中华书局点校本,1974,第3056页。
② 《晋书》卷122《载记第22》,中华书局点校本,1974,第3056页。

五、建立后凉

东晋太元十年（385）八月，穷途末路的前秦天王苻坚被后秦缢杀于新平（今陕西省彬州市），次年九月消息传到凉州，吕光悲痛欲绝，下令三军缟素服丧，追谥苻坚为文昭皇帝。应该说吕光能够成就今天的功业离不开苻坚的赏识和支持。十月，吕光大赦境内，改元太安（非前秦太安年号），自称使持节、侍中、中外大都督、督陇右河西诸军事、大将军、凉州牧、酒泉公。

虽然成功割据一方，但凉州境内诸将纷纷拥兵自立、叛乱此起彼伏，吕光面临的形势并不乐观。在他宣布改元的七个月前，原前凉国主张天锡之子张大豫已经自称凉王，并会同前秦长水校尉王穆一同攻击吕光，后被吕光在临洮击败，张大豫逃到广武（今甘肃省永登县）后为当地人所擒，送交吕光被杀。当年十二月，吕光的西平（今青海省西宁市）太守康宁也起兵反叛，自称匈奴王。最使吕光伤心的还是与其同甘共苦的张掖太守彭晃与大将徐炅，他们也与康宁勾结共同造反。恼恨之余，吕光亲自率领三万骑兵前往征讨，在极短的时间内便相继攻克了张掖、酒泉，彭晃、王穆先后被杀。至此，河西大部地区都已被吕光所占据。

在吕光平定河西过程中，诸将中杜进功劳最大，吕光拜其为辅国将军、武威太守。太元十三年（388）三月，吕光外甥石聪自关中而来，吕光问他："中州人言吾政化何如？"石聪回答："止知有杜进耳，实不闻有舅。"吕光听后默然，不久将杜进诛杀。之后吕光又宴请群僚，酒酣，谈到政事。当时吕光刑法严厉，参军段业进言说："严刑重宪，非明王之义也。"吕光说："商鞅之法至峻，而兼诸侯；吴起之术无亲，而荆蛮以霸，何也？"段业说："明公受天眷命，方君临四海，景行尧、舜，犹惧有弊，奈何欲以商、申之末法临道义之神州，岂此州士女所望于明公哉！"吕光改容而谢之，并下令自责，减轻刑罚，行宽简之政。①

太元十四年（389）二月，吕光自称三河王，大赦境内，改元麟嘉，置百官，立长子吕绍为王世子。为了拓展疆土，太元十七年（392），吕光率军至袍罕（今甘肃省临夏回族自治州），将割据当地的羌酋彭奚念打败，占据了袍罕。太元二十年（395）七月，吕光率十万大军进攻西秦，西秦国主乞伏乾归在左右的劝说下投降了吕光，并送儿子入凉作为人质。次年六月，吕光正式升号为天王，建国号为大凉，改元龙飞，史称后凉。

六、英雄暮途

后凉立国后，境内少数民族杂居，割据一方自立者不在少数，其中以西秦鲜卑乞伏氏、南凉鲜卑秃发氏、北凉匈奴沮渠氏实力最为强盛。东晋隆安元年（397）正月，吕光因西秦国王乞伏乾归叛服无常，决定将其剿灭。后凉兵分两路，吕光之子太原公吕纂攻打金城，其弟天水公吕延率西平太守沮渠罗仇、三河太守沮渠麹粥等攻打临洮、武始、河关。一开始，乞伏乾归作战不利，于是便命人向吕延诈降，谎称其已兵败逃往成纪（今甘肃省静宁县）。吕延信以为真，率领轻骑直追，司马耿雅却认为乞伏乾归勇略过人，必然不会望风而逃。这次传达消息的人，神情慌乱，必然有诈，应全军一起推进，步骑相接再行进攻，定能成功。但吕延不听劝阻，轻率追击，途中遇到乞伏乾归伏击，兵败被斩。

---

① 《晋书》卷122《载记第22》，中华书局点校本，1974，第3058页。

获悉吕延被杀的消息后，吕光埋怨沮渠罗仇、沮渠麹粥护卫不力，将二人斩首。四月，沮渠罗仇的侄子沮渠蒙逊以安葬叔父为名在家乡临松（今甘肃省民乐县）起兵反凉。沮渠蒙逊的堂兄沮渠男成，时任后凉晋昌守将，在听到蒙逊起兵消息后也举兵响应。之后，男成与蒙逊共同推举后凉建康（今甘肃省高台县）太守段业为大都督、凉州牧、建康公，改元神玺，建立北凉政权。吕光又派吕纂去讨伐，段业紧闭城门，吕纂久攻不下。平叛不力，庙堂之上也是祸起萧墙。后凉散骑常侍、太常郭黁见吕光年老多病，太子吕绍昏庸无能，而太原公吕纂又十分凶悍，认为一旦吕光死去朝中必然大乱，便联合尚书仆射王详占据了姑臧城东苑，并抓了吕光的八个孙子作为人质，无奈的吕光只好又派吕纂去讨伐郭黁。这时吕纂正在围攻乐涫县（今甘肃省酒泉市东南），接到命令后准备撤离。众将认为如果大军此时离开乐涫，段业必然会跟踪追击，不如悄悄撤离。但吕纂认定段业没有雄才大略，只能依靠坚城防守，如果后凉军暗中撤离，正好助长了他的气焰，不如公开威吓他一番后再离开。于是他派使者告诉段业说："郭黁反叛，我现在回姑臧。你如果敢决一胜负，望早些出城作战"，段业果然没敢出兵。

吕纂回师之后迅速击破郭黁，重新占据了姑臧城。郭遣使向南凉国王秃发乌孤求救，秃发乌孤令其弟秃发利鹿孤率一千骑兵救援。隆安元年（397）八月，后凉后将军杨轨反叛，自称大将军、凉州牧、西平公，并派步骑兵两万支援郭黁。次年四月，杨轨军进至姑臧城北扎营，准备攻击姑臧。吕纂率军拒战，郭黁前来救援，吕纂兵败退走。隆安三年（399）十二月，年老多病的吕光渐渐走到了生命的尽头。弥留之际，他将太子吕绍立为天王，自称太上皇，并告诫吕绍说："现在大凉处于多难时期，南凉秃发乌孤，西秦乞伏乾归，北凉段业都想伺机吞并我国。我死之后，你让吕纂统帅六军，吕弘管理朝政，你自己无为而治，这样也许会渡过难关。如果你们互相猜忌，祸起萧墙，国家很快就会覆灭。"后又对吕纂、吕弘说："我只因为吕绍是嫡长子才让他当天王。现在我们内外交困，你们兄弟更应当和睦相处，如果你们自起干戈，大祸马上就会降到你们头上。"吕纂、吕弘皆哭言不敢有异。吕光又拉着吕纂的手说："你性格粗暴，很让我担心，你要好好辅佐吕绍，不要听信任何谗言。"一番嘱托之后，吕光溘然长逝，时年六十三岁。其在位十年，后被追谥懿武皇帝，庙号太祖。

吕光死后，后凉很快陷入了无休止的内讧之中。先是吕弘挑唆吕纂反叛，逼得吕绍自杀。之后吕弘、吕纂又自相火并，同时境外的敌人也不断侵逼。元兴二年（403）八月，后凉末代君主吕隆向后秦皇帝姚兴投降，其百官也被迁往长安，后凉宣告灭亡。自386年吕光称王至403年吕隆投降后秦，后凉共历四主十八年。

后凉覆亡后，凉州境内仍然烽火不熄，直至三十六年后北魏太武帝拓跋焘攻下姑臧，北凉主沮渠牧犍出降，北魏又重新统一了北方，凉州的历史也随即翻到了新的一页。青山遮不住、毕竟东流去，虽然吕光和他所建立的后凉王朝早已远去，但他曾经征服西域的彪炳战功和开发凉州的功勋将永远被历史所铭记。

附：

后凉王朝世袭表：

姓名	在位年代	与吕光关系	谥号
吕光	386—399 年	—	懿武帝
吕绍	399 年	吕光嫡长子	隐王
吕纂	399—401 年	吕光庶长子	灵帝
吕隆	401—403 年	吕光弟吕宝之子	平帝

吕光大事年表：

年代	大事记
公元 337 年	吕光出生
公元 358 年	吕光随苻坚征讨并州张平，吕光率先出战，张平大败
公元 368 年	苻双、苻武上邽叛乱，吕光与王鉴出征，斩杀苻双、苻武
公元 370 年	吕光随王猛灭前燕，获封都亭侯
公元 380 年	苻洛、苻重叛乱，苻坚命吕光与窦冲大破叛军
公元 383 年	吕光西征龟兹。同年苻坚南征东晋，在淝水之战中大败，北方再次陷入分裂
公元 384 年	狯胡国、温宿国等国援救龟兹，吕光大败西域联军，西域各国归附前秦
公元 385 年	凉州刺史梁熙堵截吕光，吕光斩杀梁熙，自任凉州刺史、护羌校尉
公元 386 年	吕光击败前凉张大豫。同年，苻坚被姚苌所杀，吕光谥苻坚为文昭皇帝，之后自称使持节、侍中、中外大都督、督陇右河西诸军事、大将军、凉州牧、酒泉公
公元 387 年	吕光部下徐炅、彭晃、康宁、王穆反叛，吕光攻克酒泉，平定凉州的大小势力，统一河西
公元 388 年	从参军段业建议，减轻刑罚，行宽简之政
公元 395 年	吕光率军伐西秦，西秦主乞伏乾归称藩
公元 396 年	吕光即天王位，国号大凉，大赦境内
公元 397 年	南凉秃发乌孤攻后凉金城，吕光杀沮渠罗仇，沮渠蒙逊起兵反凉
公元 399 年	吕光病死，死前传位太子吕绍，以吕纂为太尉，吕弘为司徒

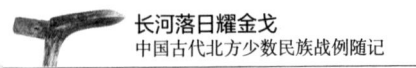

参考文献

[1] 蒋福亚:《前秦史》,北京:社会科学文献出版社,2020。

[2] 马长寿:《氐与羌》,桂林:广西师范大学出版社,2006。

[3]（汉）班固:《汉书》卷96上,河南:中州古籍出版社,2014。

[4]（宋）范晔:《后汉书》卷88,北京:中华书局,1965。

[5]（宋）范晔:《后汉书》卷86,北京:中华书局,1965。

[6]（唐）房玄龄:《晋书》卷112,北京:中华书局,1974。

[7]（唐）房玄龄:《晋书》卷113,北京:中华书局,1974。

[8]（唐）房玄龄:《晋书》卷122,北京:中华书局,1974。

[9]（唐）房玄龄:《晋书》卷115,北京:中华书局,1974。

[10]（唐）房玄龄:《晋书》卷95,北京:中华书局,1974。

[11] 赵向群:《五凉史》,北京:社会科学文献出版社,2019。

[12] 尹波涛:《后秦史》,北京:社会科学文献出版社,2022。

[13] 月满西楼:《晋朝那些事儿》,北京:中国工人出版社,2009。

[14] 赫连勃勃大王:《华丽血时代》,北京:华艺出版社,2008。

[15] 陈羡:《纵横十六国》,重庆:重庆出版社,2006。

二、圣人北望射天狼——
隋与突厥战争史略

北周大定元年（581）二月，北周相国、隋王杨坚，在百官的注视与劝进下，收下了皇帝玺绶，戴上了十二旒王冕，建天子旌旗，在一片朝贺声中燔柴告天，即皇帝位。自此，统治北中国二十四年的北周王朝落下了帷幕，时年四十岁的杨坚从名义上的外孙周静帝宇文阐手中接过了皇帝宝座和万里江山。然而称帝并不是杨坚的全部目标，和北魏孝文帝、北周武帝一样，杨坚一直都有平定江南之志。站在长安临光殿之上，他的目光扫向了长江以南的陈朝。当年九月，隋军伐陈。就在前方捷报频传，即将饮马长江之时，在长城之外，遥远的蒙古高原上一声尖利的狼嗥伴随着滚滚乌云正向新生的隋朝扑了过来……

一、狼的子孙：突厥民族起源

回顾中国历史，我们会发现一个有趣的现象，每当中原大地迎来大一统或局部统一的中央王朝，在长城之外总是同时并立着一个或数个强盛的少数民族政权。秦汉时期是匈奴，两宋时期有契丹、党项、女真、蒙古，明清时期中央政权也先后与瓦剌、鞑靼、准噶尔（即瓦剌）并立。更遑论魏晋时代的鲜卑，北朝时期的柔然，皆是如此。而和强盛的隋唐王朝争锋，在公元六世纪的东亚大陆上书写下浓重一笔的，就是本文的主角，自称"狼的子孙"的游牧民族——突厥。

关于突厥民族起源，史学界目前说法不一，《周书》中记载："突厥者，盖匈奴之别种，姓阿史那氏，别为部落。后为邻国所破，尽灭其族。有一儿，年且十岁，兵人见其小，不忍杀之，乃刖其足，弃草泽中。有牝狼以肉饲之。及长，与狼合，遂有孕焉。彼王闻此儿尚在，重遣杀之。使者见狼在侧，并欲杀狼。狼遂逃于高昌国之西北山。遂生十男。十男长大,外托妻孕,其后各有一姓,阿史那即一也。子孙蕃育,渐至数百家。经数世,相与出穴,臣于茹茹。居金山之阳,为茹茹铁工。金山形似兜鍪,其俗谓兜鍪为'突厥',遂因以为号焉。"或云突厥之先出于索国,在匈奴之北。其部落大人曰阿谤步,兄弟十七人。其一曰伊质泥师都,狼所生也。泥师都既别感异气,娶二妻,云是夏神、冬神之女也。一孕而生四男。其一居践斯处折施山,即其大儿也。山上仍有阿谤步种类,并多寒露。大儿为出火温养之,咸得全济。遂共奉大儿为主,号为突厥,即讷都六设也。讷都六有十妻,所生子皆以母族为姓,阿史那是其小妻之子也。诸子遂奉以为主,号阿贤设。此说虽殊,然终狼种也。"[1]《周书》对突厥的起源给出了两种说法:一是突厥先祖乃匈奴别种,后因战乱流离至高昌国之北,后来其中一支部落迁徙至阿尔泰山繁衍生息,并以山型为名,遂称突厥;二是突厥起源于在匈奴之北的漠北索国,至于索国之所在,史学界更无定论,有外蒙高原、外贝加尔地区、中亚乃至青藏高原各种推测,缺乏直接依据。

另《隋书》中也有记载:"突厥之先,平凉杂胡也,姓阿史那氏。后魏太武灭沮渠氏,阿史那以五百家奔茹茹,世居金山,工于铁作。金山状如兜鍪,俗呼兜鍪为'突厥',因以为号。"[2]认为突厥是起源于汉地平凉的少数民族部落。此外还有海右遗黎说(起源于咸海之右,为来自咸海的塞种人)、海神胤裔说等。以上种种,众说纷纭,但却能厘清一些重要线索,即突厥民族早期主要生活在天山或阿尔泰山南麓,其源头很可能来自阿尔泰山西北甚至是中亚地区,这与其日后在西域建立汗庭并积极经营西域不无关系。国内突厥史专家林幹教授在其《突厥与回纥史》中认为,狭义的古代北方

---

[1]《周书》卷50《列传第42·异域下》,中华书局点校本,1971,第907-908页。
[2]《隋书》卷84《列传第49·北狄》,中华书局点校本,1973,第1863页。

民族仅包括曾经活动在大漠南北（即后来地理上称之为蒙古草原地区）的匈奴、东胡和突厥三大族系，其中匈奴系统包括匈奴、北匈奴、南匈奴、屠各（亦称屠各匈奴）、卢水胡、铁弗等，东胡系统包括东胡、乌桓、鲜卑、柔然、契丹、库莫奚、室韦、蒙古等，突厥系统包括丁零、高车（敕勒）、铁勒、突厥、回纥（回鹘）、薛延陀、黠戛斯等，明确认为突厥最早来源于丁零。丁零在魏晋南北朝时称为高车（敕勒），在隋唐时称为铁勒，而突厥、回纥、薛延陀都属于铁勒的分支，丁零、高车与突厥有民族溯源关系。[①]突厥人在《苾伽可汗碑》中说："九姓回纥者，吾之同族也。"这也为突厥起源于"丁零—敕勒"系提供了依据。

无独有偶，马长寿的《突厥人与突厥汗国》中也提到，铁勒各部都属于突厥语族，突厥人原是丁零人或铁勒人之一种。也有记载突厥"木杆可汗状貌奇异，面广尺余，其色赤甚，眼若琉璃"[②]，即混有来自中亚的高加索人种血统。到此我们可以得出结论：突厥起源于古老的"丁零—敕勒"族系，位于匈奴西北，在漫长的历史变迁中融入了来自中亚人种的基因，迁徙到阿尔泰山繁衍壮大，其族系与发源于阴山的匈奴族系乃至呼伦贝尔以东的东胡族系绝不相同，样貌也有很大差异。但无论是在突厥自己的民族传说还是在中原史书记载中，突厥人都认为自己是狼的子孙。突厥行军的旗纛之上，描绘着金狼头。突厥的侍卫勇士则自称附离（在汉语中即是狼的意思）[③]。狼图腾，成为突厥民族内心最神圣的精神崇拜。

和当时遍布欧亚大草原上的无数游牧部落一样，突厥人虽然骁勇善战但也一直默默无闻。直到公元六世纪中叶，突然爆发出磅礴

---

① 林幹：《突厥与回纥史》，内蒙古人民出版社2007年版，前言第2-3页。
② 马长寿：《突厥人与突厥汗国》，广西师范大学出版社2006年版，第一章第2-5页。
③ 姜戎：《狼图腾》，长江文艺出版社2004年版，第52页。

力量，迅速走向了历史的前台，直至与隋唐王朝分庭抗礼，这一切都要从另一个草原帝国——柔然说起。

二、阿瓦尔古丽的传说：
柔然人的兴衰

"远方的人请问你来自哪里，你可曾听说过阿瓦尔古丽。她带着我的心，穿越了戈壁，多年以前丢失在遥远的伊犁。"优美动人的旋律，来自一曲《新阿瓦尔古丽》，伴随着歌声我们不仅熟悉了美丽的伊犁，也揭开了一段遥远的记忆。歌词中的阿瓦尔是古代欧亚大陆一个游牧民族，其在六世纪下半叶以匈牙利平原为中心建立帝国，到六世纪末达到极盛时期，公元626年几乎占领君士坦丁堡。而阿瓦尔人的先祖，就是公元四世纪后期到六世纪中叶曾经统治蒙古高原，并严重威胁中国北朝的草原帝国——柔然。[1]柔然上承匈奴、鲜卑，下启突厥、回纥，和以上几者相比，并不为大众所熟识。其疆域极盛时北达贝加尔湖畔，南抵阴山北麓，东北到大兴安岭，与地豆于（北魏时期东北少数民族，其地在室韦以西，柔然以东，大约在今乌珠穆沁旗境内）相接，东南与发源于西拉木伦河的库莫奚及契丹为邻，西边远及准噶尔盆地和伊犁河流域，并曾进入塔里木盆地，使天山南麓诸国臣服。关于柔然起源有东胡、鲜卑、匈奴、塞外杂胡诸说。如《魏书·蠕蠕传》提及蠕蠕（即柔然）为"东胡之苗裔""匈奴之裔""先世源由，出于大魏"；[2]《宋书·索虏传》《梁书·芮芮传》均认为柔然是"匈奴别种"；而《南

---

[1] 罗三洋：《柔然帝国传奇》，中国国际广播出版社2009年版，第4—7页。
[2] 《魏书》卷103《列传第91·蠕蠕》，中华书局点校本，1974，第2289页、第2299页。

齐书·芮芮虏传》则以为是"塞外杂胡"[①]。但史家推测柔然可汗郁久闾家族祖先来自拓跋鲜卑。北魏正光元年(520),柔然可汗阿那瓌拜见北魏孝明帝元诩时自称"先世源由出于大魏"并得到了孝明帝的认可,抛开北魏皇帝政治笼络心态不谈,今天普遍认为柔然民族的主体成分源自"东胡—鲜卑"系,这与"丁零—敕勒"系的突厥有着本质差异。

  郁久闾家族的先祖曾被拓跋鲜卑俘虏,因为年幼头发很短,与都留着长辫子的拓跋部男子有着很大区别,因而被称为"木骨闾",即秃头之意,后在战乱中隐姓埋名改为"郁久闾",自后子孙便以此为姓。早期的柔然民族势力弱小,只能依附于更强大的政权或部落,曾先后臣属于拓跋鲜卑、前秦、匈奴铁弗部。淝水之战后前秦土崩瓦解,鲜卑王子拓跋珪乘机复国建立北魏,柔然人又被北魏重新征服。此时的拓跋珪已经志在中原,战胜后燕之后,拓跋珪逐渐占据了今山西、河北等地,为便于控制,他将北魏的国都从塞外迁到了平城(今山西省大同市)。值此良机,柔然人迅速壮大,其首领郁久闾社仑攻破敕勒诸部落,尽据鄂尔浑河、土拉河一带水草丰茂的地区,接着又袭破蒙古高原西北的匈奴余部拔也稽,整个蒙古高原和周围诸民族纷纷降附。柔然势力所及"西则焉耆之地,东则朝鲜之地,北则渡沙漠,穷瀚海,南则临大碛。尽有匈奴故庭,威服西域"[②],与北魏隔长城相望,北魏天兴五年(402),社仑自称丘豆伐可汗,并仿效北魏,立军法、置战阵,整顿军队,建立可汗王庭,使柔然迅速由部落联盟进入早期奴隶制阶段,一个强大的柔然汗国就此诞生。社仑雄才大略,在他的领导下,柔然人积极学习周

---

① 《宋书》卷95《列传第55·索虏》、《南齐书》卷59《列传40·芮芮》,中州古籍出版社,2014,第428页、第170页。
② 《魏书》卷103《列传第91·蠕蠕》,中华书局点校本,1974,第2291页。

边先进文化，与各部族兼容并蓄，实力迅速增强，并不断对北魏进行骚扰和侵掠。始光元年（424）八月，柔然可汗大檀闻明元帝拓跋嗣去世，率六万骑攻陷了北魏故都盛乐（今内蒙古自治区和林格尔县北和林格尔土城子）。魏太武帝拓跋焘亲率骑兵增援，一度也被柔然大军重重包围。虽然在太武帝指挥下，魏军最终打退了柔然攻势，但强大的柔然无疑已成为北魏初年最严重的边患。为此，魏道武帝、明元帝、太武帝三代不断北伐，尤其是太武帝拓跋焘曾十一次讨伐柔然。神䴥二年（429）五月，北魏兵分两路远征柔然，太武帝出东路，平阳王长孙翰出西路，两军会于柔然王庭。此战，魏军远出平城三千七百里，横扫了柔然境内东西五千里、南北三千里的诸部落，柔然可汗大檀惊惧西逃，后不知所踪。原本臣属于柔然的高车诸部前后降魏者计三十余万落，魏军缴获戎马百余万匹[1]。

在魏军连年打击下，柔然实力不断衰弱，原本臣服的各部落时有反抗和逃亡。太和十一年（487），原属柔然的敕勒副伏罗部首领阿伏至罗率十余万落西迁至车师一带，自立为高车国王，脱离了柔然的统治。柔然逐渐由盛转衰，和北魏也进入和平时期，直到正光五年（524），北魏爆发了六镇大起义，应北魏皇帝之邀，柔然可汗阿那瓌率军击溃六韩拔陵所率之义军。在镇压六镇起义军过程中，柔然势力不断壮大，重新占据了漠南地区。阿那瓌自称敕连头兵豆伐可汗，向西击败了因内乱而日益衰弱的高车国，柔然一度迎来复兴。

六镇大起义对于北魏王朝是灾难性的，虽然农民起义军被镇压下去，但强大的北魏也走向了分裂。永熙三年（534），北魏孝武帝从洛阳奔入关中，北魏随即分裂成东、西魏，分别由权臣高欢和宇

---

[1]《魏书》卷4《世祖纪第4》、卷103《列传第91·蠕蠕》，中华书局点校本，1974，第75页、第2293页。

文泰控制。东、西魏之间常年互相攻伐，为了避免腹背受敌，高欢、宇文泰竞相与柔然结好。阿那瓌周旋其间，左右逢源，先后与东、西魏通婚，接受双方的馈赠。如宇文泰派散骑常侍贺若谊（隋朝名将贺若弼之叔）出使柔然，与阿那瓌达成协议，由西魏文帝迎娶阿那瓌之女为皇后，并把宗室之女嫁给阿那瓌之弟。柔然和西魏成了姻亲，这自然是东魏不愿看到的，碰巧柔然公主嫁入西魏不久就突然去世，东魏乘机抓住这点大做文章。高欢的使者在阿那瓌面前指出柔然公主是被西魏文帝和他的废后乙弗氏所谋杀的，沉浸在丧女之痛中的阿那瓌顿时怒火冲天，当即与东魏和好，转而进攻西魏。

西魏大统六年（540），柔然军队大举南下，扫荡了黄河以东的西魏领土，随后西渡黄河直扑关中，兵锋抵达夏州。宇文泰无奈只得要求文帝杀掉了废后乙弗氏，给了柔然一个交代。经过此事之后，柔然和东魏关系不断密切，阿那瓌为太子庵罗辰迎娶了东魏乐安公主，又把孙女嫁给了高欢第九子即后来的北齐武成帝高湛，后来更是把小女儿嫁给了高欢本人，使她成了东魏丞相、渤海王正妻，有了多重姻亲关系的东魏与柔然关系进入了"蜜月期"。殊不知就在此时，为了破解困局的宇文泰悄然在柔然后方打开了一个致命的突破口，柔然汗国的丧钟即将敲响，而东北亚大陆的格局也将发生天翻地覆的改变。

三、天狼长啸：
突厥兴起并介入周、齐纷争

大统十一年（545），一个叫安诺盘陀的酒泉郡匈奴人离开国境，一路穿过柔然汗国，跋涉万里来到了阿尔泰山脚下的突厥部落。他是秉承西魏丞相、都督中外诸军事、柱国大将军宇文泰的命令，特地前来结好突厥部。此时的突厥部落经过多年发展实力已经有所壮大，并期望与中原王朝加强交流。安诺盘陀的到来使得整个突厥部落都非常兴奋，纷纷奔走相告，认为中原大国的使臣来到，预示着突厥民族的兴盛。事实上，突厥的强盛离不开其发达的锻铁手工业。阿尔泰山出产铁矿，而突厥毗邻中亚，也容易得到先进的锻铁技术，更有从叶尼塞河上游黠戛斯境内输入大量的名叫"迦沙"的铁苗，经过锻冶后制成精良的兵器和农具。《新唐书·黠戛斯传》记载"有金、铁、锡，俗必得铁，号'迦沙'，为兵绝犀利。常以输突厥"[1]，《周书》中提到，突厥的兵器有"弓矢鸣镝甲槊刀剑"。在冷兵器时代，精良的铁器成为突厥军事实力的巨大保障。

随着以锻铁业为代表的手工产业不断发展，突厥开始将手工业产品（主要是锻铁产品）作为商品对西域和中原进行贸易。《周书》记载"部落稍盛，始至塞上市缯絮，愿通中国"[2]。突厥在对中原贸易中主要输出铁器和杂畜，输入缯絮。贸易的往来，使突厥的经济实力也不断壮大，但与快速发展的军事经济实力不相匹配的是突厥的政治地位。此时的突厥仍然是臣服于柔然汗国的部落，其发达的锻铁业主要是为柔然汗庭服务，突厥的锻工们也依然是柔然贵族的奴隶。压抑和不满的种子早已在突厥人心中滋长，而伴随着双方力量的消长，这种臣服关系已经摇摇欲坠，只需要一个契机，便能马上打破。

在游牧民族崛起的征途上，一个强有力的领袖人物往往能起到决定性的作用。这类领袖不仅雄健有力、意志坚定、具有谋略，在征战中也能身先士卒，得到全体臣民的爱戴，引领着本民族走向强

---

[1] 《新唐书》卷217《列传第142·回鹘下》，中州古籍出版社，2014，第891页。
[2] 《周书》卷50《列传第42·异域下》，中华书局点校本，1971，第908页。

盛。匈奴的冒顿单于，魏道武帝拓跋珪，以至于后来的辽太祖、金太祖、成吉思汗都是这样的人物。公元六世纪的突厥部落也诞生了这样的人物，他叫阿史那土门（也译为布民），是当时突厥的酋长。大统十六年（550），铁勒部落兴兵攻打柔然汗国，在经过阿尔泰山地区时被土门率领的突厥部袭击大败，五万余帐铁勒人全部投降突厥。此战之后，突厥实力大增，土门自恃强大，遂向柔然可汗提出了和亲的倡议，岂料阿那瓌闻言大怒，不仅拒绝和亲，反而派人狠狠羞辱土门说："你不过是我的锻奴，竟敢这般痴心妄想。"受辱后的土门恼羞成怒，转而向西魏求婚，宇文泰可比阿那瓌深谋远虑多了，能借此交好上升期的突厥，从背后对付柔然，何乐不为。大统十七年（551），西魏长乐公主远嫁突厥首领阿史那土门。同年，西魏文帝崩，土门遣使吊丧，至此西魏与突厥结成了反对柔然的军事同盟。

西魏废帝元年（552），成了西魏女婿的阿史那土门发动东征，大举讨伐曾经的主人柔然。《周书》记载："土门发兵击茹茹，大破之于怀荒北。阿那瓌自杀，其子庵罗辰奔齐，余众复立阿那瓌叔父邓叔子为主。"对于这场战役，西方的拜占庭人也有记载："博特泽纳在提尔河战胜了瓦尔匈奴，广阔的战场上布满了三十万具尸体。"博特泽纳即土门，瓦尔匈奴就是柔然，提尔河即突厥语"独洛水"，也就是柔然汗庭所在的土拉河。击败柔然后，阿史那土门自称伊利可汗，正式建立了突厥汗国。突厥汗国以可汗为最高首领，在可汗之下还有俟斤、特勤、设、叶护、啜、俟利发、吐屯等二十八等官爵。在完成击破柔然和建立汗国的大业后，土门病逝，遗命以阿尔泰山为界，分突厥为东西两部，西面由其弟弟室点密经营，东方汗国的主体由长子阿史那科罗继承，号"乙息记可汗"。科罗在沃野镇北方的木赖山（内蒙古自治区巴彦淖尔市乌拉特中旗境内）击破柔然可汗邓叔子后去世，遗诏称其子摄图年幼不能治国，将汗位传给了弟弟阿史那俟斤，这就是赫赫有名的"木杆可汗"。

木杆可汗又名燕都，前文提到，其样貌奇伟，异于常人，性格刚强勇猛，而且足智多谋，深怀韬略，邻国都对其非常敬畏。西魏恭帝二年（555），木杆可汗大败柔然汗国，柔然可汗郁久闾邓叔子带残部奔入西魏避难。随后突厥"西破嚈哒，东走契丹，北并契骨，威服塞外诸国"。[①]其疆域北至贝加尔湖，南抵长城，西达咸海，东到辽河，东西相距一万华里，南北也有五六千华里，从漠北到西域的所有游牧部族几乎尽归顺于突厥狼头旗下，凭借着强盛的武力，木杆可汗要求西魏政府把邓叔子一行斩尽杀绝，以绝后患。为此，突厥使节络绎不绝出使西魏，宇文泰屈服于突厥近在眼前的威胁，只能把郁久闾邓叔子和他的三千余部属全都交给了突厥使节。这位柔然末代可汗和他的部众就在长安城的青门之外被突厥人全部斩杀，自此柔然汗国也彻底退出了历史舞台。

在灭亡了宿敌柔然之后，突厥已成为长城之外蒙古高原上唯一的霸主。应该说，突厥汗国在自身崛起过程中，成功利用了当时中原大地上的分裂局面，通过与西魏保持良好关系，从而得以集中精力征服了柔然汗国和其他游牧部族。北周代魏之后，突厥更加成熟地使用外交手段周旋于北周、北齐之间，并在三方关系中占据了主导地位。在突厥与北周关系中，最重要的两个事件是突厥与北周联兵进攻北齐和北周纳突厥公主为皇后。

北周保定二年（562），北周计划与突厥联兵伐齐，为了笼络突厥，北周请求奉迎突厥可汗女为皇后，双方达成和亲并联合攻齐的战略协议。保定三年（563），北周大将军杨忠率军一万伐齐，突厥

[①]《周书》卷50《列传第42·异域下》，中华书局点校本，1971，第908页。

木杆可汗引十万骑与周军会师。次年正月,周军进逼齐北方重镇晋阳,北齐集中全部精锐,鼓噪而出。突厥军大为惊恐,撤退到山上不肯迎战,北周军孤立无援,大败逃走。见周军败走,突厥顿时狼奔豕突,一路逃回塞外,沿途大肆掳掠,自晋阳以北七百里人畜一扫而空。突厥军队撤到陉岭(今山西省代县雁门山)时,已是天寒地冻,人马寸步难行,只能用毡毯铺路才能通过,等退出长城后战马几乎死尽,士兵折断长矛当成手杖蹒跚而行。经此一战,杨忠对突厥战斗力有了直观的认识,他曾对周武帝指出突厥军队赏罚不明,缺少军法约束,并不难制服,只是因为之前的使者欲从突厥得到好处,故妄言其军力强盛罢了。同年,突厥又兴兵进犯北齐幽州,并通知北周出兵配合。宇文护、杨忠兵分两路,此战北周和突厥联军又是无功而返。[①]

保定五年(565)春,北周帝国履行约定,派陈公宇文纯、许公宇文贵、神武公窦毅等携带皇后仪仗前往突厥,迎娶突厥公主。其间木杆可汗一度与北齐交好,准备取消婚约,并扣留北周迎亲团队三年之久,直到一天突然天响巨雷,风雨交加,摧毁突厥大量帐篷,木杆大为恐惧,认为是上天惩罚,遂送女至北周完婚。

对于这段政治婚姻,周武帝宇文邕的内心并不接受,对阿史那皇后也一直比较冷淡。为此他的外甥女,即迎亲使之一神武公窦毅之女窦氏(其母为武帝之妹襄阳公主)劝他以江山社稷为重,努力压抑自己的个人感情,多安抚阿史那皇后。这个年幼女孩的见识令周武帝大为赞叹,不仅全部听从了她的建议,对其也愈发宠爱。同样是这个窦氏,在隋文帝受北周禅时大哭道:"恨我不为男,以救舅氏之难。"吓得窦毅与襄阳长公主忙掩其口说:"汝勿妄言,灭吾

---

① 《周书》卷50《列传第42·异域下》,中华书局点校本,1971,第911页。

族矣！"① 后来这位见识不凡的奇女子窦氏嫁给了唐国公李渊，李渊建唐后，窦氏被追封为皇后。她的儿子唐太宗李世民，对内文治天下，对外开疆拓土，开启盛唐的篇章。

建德元年（572），木杆可汗阿史那俟斤病逝，临终前舍其子阿史那大逻便而传位给其弟（名不详，有记载叫作"阿史那库头"），号佗钵可汗。同年，北周武帝宇文邕除掉了嚣张跋扈的权臣宇文护后开始亲政。佗钵可汗任命二任乙息记可汗阿史那科罗之子摄图为尔伏可汗，统治东部疆土。弟弟褥但可汗之子为步离可汗，统治西部疆土。此时的突厥拥兵数十万，常有侵凌中原之志。北周每年送给突厥绸缎十万匹，突厥使节前往长安，都衣着锦绣，吃山珍海味。北齐也惧怕突厥入寇，倾府库以贿之。为此佗钵可汗益发骄狂，常对人说："但使我在南两个儿孝顺，何忧无物邪。"②（后世大多以为此处"两儿"指北周、北齐，唯有胡三省认为此"在南两儿"为尔伏、步离二小可汗，作者也更倾向这种说法。）

但是好景不长，就在佗钵可汗志得意满、不可一世之时，中原大地的形势正迅速发生变化。建德六年（577），周军连续攻克晋阳、邺城，北齐灭亡。东亚地区突厥、北齐、北周三方鼎立，突厥一方处于主动地位的格局被打破。自古以来，中原王朝对付游牧政权的不二法宝，就是千方百计让其处于分裂状态，彼此之间牵制消耗，便无力侵略中原，比如汉朝扶植南匈奴对付北匈奴。同样的平衡外交战略，突厥也用在中原王朝身上，如今北齐灭亡，平衡外交也就失去了其存在的客观条件。为此，佗钵可汗立流亡于突厥的北齐范阳王高绍义为皇帝，打起为北齐复仇的旗号，不断侵略北周边境。宣政元年（578）四月，突厥入寇幽州，杀掠人民，北周幽州

---

① 《新唐书》卷75《列传第1·后妃上》，中华书局点校本，1975，第3469页。
② 《周书》卷50《列传第42·异域下》，中华书局点校本，1971，第911页。

29

守将赵郡公李雄出战，"为突厥所围，临阵战殁"，北周举国震动。当年五月，周武帝御驾亲征，征发关中公私驴、马从军，并遣原郡公姬愿、东平公宇文神举等率军五路分头并进，可惜大军将发之时，周武帝积劳成疾，病逝于北伐的征途中，年仅36岁。同年九月、十一月，突厥多次入侵北周西河、酒泉等地大肆掳掠，后被北周击退，随着突厥南下受挫，双方关系趋于缓和。

大象元年（579），佗钵可汗向北周请婚，周宣帝宇文赟封赵王宇文招之女为千金公主，许配给佗钵可汗，条件是突厥把北齐流亡皇帝高绍义交给北周，佗钵拒不接受，并入寇北周并州。大象二年（580），突厥向北周进贡通好，周派汝南公宇文神庆、司卫上士长孙晟护送千金公主至突厥完婚（千金公主未至而佗钵可汗死，依突厥风俗，嫁给沙钵略可汗）。后北周再派贺若谊前往突厥交涉，佗钵可汗终于答应交出高绍义。在一次围猎活动中，突厥人故意撇下了高绍义，使他被北周所俘。

开皇元年（581），突厥佗钵可汗病死，临死前他对儿子阿史那庵逻说："先可汗不传位于子而传位给我，我死之后你也应该把可汗让给他的儿子阿史那大逻便。"突厥风俗看重门第血统，大逻便之母出身卑微而庵逻的母亲出身高贵，对于立大逻便为可汗突厥贵族多有抵触。踟蹰之际，尔伏可汗摄图抵达并警告众人："如果庵逻继位，我就率领兄弟们服从他。如果拥立大逻便，我必定坚守边境，与其兵戎相见。"摄图年长，而且雄勇果敢，贵族们不敢拒绝，遂立庵逻为可汗。失去汗位的大逻便心中对庵逻愤恨不已，经常当众辱骂庵逻，后者无奈，只能把汗位让给摄图。这个决定得到了汗国上下的一致认可，诸贵族均认为四位可汗（科罗、俟斤、佗钵、褥但）的儿子之中，摄图最为贤能，遂迎立其为可汗，称为伊利俱卢设莫何始波罗可汗，又称沙钵略可汗，建可汗牙帐于于都斤山

（今蒙古国杭爱山）。庵逻让位迁到独洛水，称为第二可汗。大逻便质问摄图说："我与你都是可汗的儿子，各自继承父亲的部落，可是如今你成为大可汗，尊贵之极，而我却没有任何地位，这是什么道理？"摄图大为头疼，就任命他为阿波可汗，返回统领原来的部落，又封叔父阿史那玷厥为达头可汗。平时三位小可汗分别统领各自部落游牧四方，战时在沙钵略可汗指挥下统一行动。①

这场争夺汗位的斗争虽然以摄图的胜利和大逻便的退让而告终，但是突厥汗国内部大、小可汗之间已经产生了深深的裂痕，原本精诚团结的突厥汗国有了分裂倾向，所以隋朝后来说突厥"昆季争长，父叔相猜，外示弥缝，内乖腹心"。摄图立庵逻为第二可汗的做法应是为了笼络庵逻，增强对付大逻便的实力，但这也显示了大可汗控制力的下降。大逻便公开质问摄图，也是对其大可汗地位合法性的挑战，摄图封其为阿波可汗，等于默认了他的独立地位。开皇元年（581），阿波可汗和沙钵略可汗分别遣使向隋朝贡献方物，也表明了小可汗独立性的增强。②就在突厥完成权力交接之际，中原的北周王朝已经被崭新的隋帝国所取代，长城内外同年继位的两位新主——杨坚和阿史那摄图即将迎来直接交锋。

四、一箭双雕的典故：
长孙晟战略指导下隋与突厥的初次交锋

开皇元年（581），杨坚代周称帝，改国号为大隋，改元开皇，史称隋高祖文皇帝（文帝）。即位之初的隋文帝，就曾有"我为百姓父母，岂可限一衣带水不拯之乎"的豪言壮语，对于长江以南的

---

① 《隋书》卷84《列传第49·北狄》，中华书局点校本，1973，第1865页。
② 吴玉贵：《突厥汗国与隋唐关系史研究》，商务印书馆2017年版，第23-24页。

陈朝,欲一举而攻灭之。开皇二年(582),隋文帝即以元景山、长孙览(长孙晟之伯父)并为行军元帅,率八总管伐陈,并以高颎节度诸军。之所以先伐陈朝,也是由于突厥远处广漠无垠之北方草原,骑兵来去如风,来则入寇袭扰,追则远遁万里,隋军难以深入消灭,所以隋文帝计划先平定江南之后再对突厥用兵。然而开皇元年十二月,突厥伙同原北齐营州刺史高宝宁合兵入寇,一举攻陷了隋北方重镇临榆关(今山海关)。隋文帝大为震恐,遂以义兵不伐丧为名(当年陈宣帝病逝),召回了高颎等南征诸军。同时紧急修缮长城,并以上柱国阴寿镇幽州,京兆尹虞庆则镇并州,柱国冯昱屯乙弗泊(今青海省乐都县以西),兰州总管叱列长叉守临洮,凉州总管贺娄子干守武威,各屯兵数万,以增北方国界线上之守备。

在隋朝以前,北齐已经在北方边境修筑了长城,"自西河总秦戍筑长城东至于海,前后所筑东西凡三千余里,率十里一戍,其要害置州镇,凡二十五所"[①]。隋朝在北齐长城基础上进一步大规模修筑长城。从开皇元年(581)开始,至少五次大量征发民力修筑,先后发动民夫一百余万人。在修筑长城的同时,隋朝在北方边境配置了较多兵力。隋朝实行州、县两级地方行政体制,以州刺史为最高地方长官,并在位居战略要地的州设置总管,兼理地方军事。据统计,隋文帝仁寿末年,隋朝大约有三十六个总管府,其中位于京师北方或西北,主要用于防御突厥的有八府,位于东北方用来抵御突厥和契丹的有七府,直接或间接用于防御突厥的总管府接近总数一半,可见突厥汗国是隋文帝时代边防的重中之重。[②]开皇二年(582)正月,隋文帝以晋王杨广为河北道行台尚书令,守并州;秦

---

① 《北齐书》卷4《本纪第4·文宣》,中华书局点校本,1972,第63页。
② 吴玉贵:《突厥汗国与隋唐关系史研究》,商务印书馆2017年版,第87-88页。

王杨俊为河南道行台尚书令,守洛阳;蜀王杨秀为西南道行台尚书令,守四川。三位皇子分守国内三方,表明隋朝已进入举国戒严的临战状态,在部署好国内政局之后,隋文帝派奉车都尉长孙晟出使突厥,以探其动静。

长孙晟,河南洛阳人,其先祖为北魏太师、上党王长孙稚。其父长孙兕为北周开府仪同三司、熊绎二州刺史、平原侯,其伯父长孙览、兄长孙炽在隋朝均累立军功。后其少子长孙无忌在唐朝历任吏部尚书、尚书右仆射、司空、司徒、侍中、中书令,封赵国公,位列凌烟阁功臣第一。其女长孙氏嫁与唐太宗,即后世赫赫有名的长孙皇后。《隋书·列传第十六》记载长孙晟"性通敏,略涉书记,善弹工射,趫捷过人。"当时北周崇尚武艺,喜欢纵马射猎,在所有贵族子弟中长孙晟最为了得,其十八岁时已为司卫上士,但名声不显,才能不为旁人所知,只有杨坚一见到他便深为赞叹,评价其"武艺逸群,适与其言,又多奇略。后之名将,非此子邪?"[①]

周宣帝时,长孙晟作为和亲使团的代表,护送千金公主至突厥汗庭。当时北周与突厥为炫耀本国实力,都精选骁勇善射之士作为使者,北周先后派数十名使者前往突厥,沙钵略可汗大多轻视不礼,唯独对长孙晟特别喜爱,并把他挽留在突厥达一年之久。在一次出猎中,路遇两只雕飞着争肉吃,沙钵略可汗给长孙晟两支箭,说:"请射取它们。"长孙晟于是策马弯弓,正遇双雕相夺,于是只一箭就射穿两雕。沙钵略可汗大喜,让突厥贵族子弟都与长孙晟亲近,学习其射箭的本事(金庸先生在塑造郭靖的形象时想必也是受到了长孙晟启发)。号称突利设("设"为突厥贵族头衔,一般为掌管兵马之高官)的沙钵略可汗之弟阿史那处罗侯,因为甚得众心而

---

① 《隋书》卷51《列传第16·长孙览》,中华书局点校本,1973,第1329页。

遭到沙钵略可汗忌恨，为此密派心腹暗中与长孙晟结盟。滞留突厥期间，长孙晟往往乘游猎之机，考察突厥山川形势、部众强弱，并详细报告给了当时的北周丞相杨坚，杨坚听后大为欢喜，升任他为奉车都尉。

隋朝建国之后虽然对突厥暂取守势，但外交上愈显强硬，远非北周时的恭敬小心，赏赐也日益减少。对此，突厥可汗及众贵族都十分怨恨，而千金公主更是痛心北周的覆灭，日夜请求摄图出兵为宇文氏复仇。野史记载千金公主通晓骑射，曾在居住地日日以箭射隋字旗。为此摄图召集突厥王公贵族说："我乃北周的至亲，现在眼看杨坚篡位而不能制止，再有何面目去见可贺敦。"于是突厥决定对隋开战。开皇二年（582）五月，在攻陷临榆后，沙钵略可汗动员了四十万大军沿着隋朝的整个北方国境线全面入侵，突厥大军兵分四路南下，其中处罗侯与高宝宁自临榆关向隋平州、幽州运动。沙钵略可汗与第二可汗庵逻攻入长城后向马邑南侵，随后与阿波可汗合兵转向陕甘地区。阿波可汗大逻便向隋上郡（今陕西省延安市洛川县一带）、延安、弘化（今甘肃省庆阳市合水县一带）入侵；达头可汗玷厥向张掖、武威、兰州一线入侵。

虽然突厥倾国入寇，但长孙晟深知沙钵略可汗与达头、阿波、突利等叔侄兄弟始终内怀猜忌，对他们虽然一时难以征讨，但容易离间。遂上书隋文帝曰：

臣闻丧乱之极，必致升平，是故上天启其机，圣人成其务。伏惟皇帝陛下当百王之末，膺千载之期，诸夏虽安，戎场尚梗，兴师致讨，未是其时，弃于度外，又复侵扰。故宜密运筹策，渐以攘之，计失则百姓不宁，计得则万代之福。吉凶所系，伏愿详思。臣于周末，忝充外使，匈奴倚伏，实所具知。玷厥之于摄图，兵强而位下，外名相属，内隙已彰，鼓动其情，必将自战。又处罗侯者，摄图之弟,奸多而势弱,曲取于众心,国人爱之,因为摄图所忌,其心殊不自安,迹示弥缝,实怀疑惧。又阿波首鼠,介在其间,颇畏摄图,受其牵率,唯强是与,未有定心。今宜远交而近攻,离强而合弱,通使玷厥,说合阿波,则摄图回兵,自防右地。又引处罗,遣连奚、霫(xī,第二声,隋唐时东北少数民族一支),则摄图分众,还备左方。首尾猜嫌,腹心离阻,十数年后,承衅讨之,必可一举而空其国矣。

这篇上疏为隋朝定下了远交近攻,离强合弱,待突厥内讧而削弱后再出兵讨伐的指导战略。隋文帝阅后大喜,召长孙晟当面探讨,长孙晟口述形势,手画山川,对着地图一一道出突厥的虚实,隋文帝叹赏不已,全部采纳了他的计谋。[1]在长孙晟建议下,隋朝迅速对突厥展开外交攻势,一面派遣太仆元晖出伊吾道(今新疆维吾尔自治区哈密市伊吾县)拜访达头可汗,赐予其狼头纛,并将入贡隋朝的达头使者排在沙钵略可汗的使者之前。一面又以长孙晟为车骑将军,携带大量钱财出黄龙道(今辽宁省朝阳县),沿途一路赏赐奚、契丹等部族首领,并通过这些首领笼络结好处罗侯,引诱他内附隋朝。随着这两支分化瓦解的外交利箭射出,突厥果然中招,并在随后的战争中深受影响。

开皇二年(582)四月,隋朝上柱国李充在河北山(今内蒙古自治区包头西黄河以北),大将军韩僧寿在鸡头山(今甘肃省庆阳市镇原县开边镇)分别击败突厥。六月,李充再次在马邑击败突厥。达头可汗进攻兰州,在可洛峐山(今甘肃省武威市)为凉州总管贺娄子干击败。十月,隋文帝因关中形势紧急,派太子杨勇屯兵咸阳。十二月,命大将军虞庆则屯兵弘化。当时沙钵略可汗已率

---

[1] 《隋书》卷51《列传第16·长孙览》,中华书局点校本,1973,第1330-1331页。

军十余万进至周盘（今甘肃省庆阳市境内），隋行军总管达奚长儒率军两千人迎战，由于众寡悬殊，隋军都很恐惧。达奚长儒慷慨激昂，且战且退，部队多次被突厥冲散后又聚集起来，如此转战了三天，杀伤敌人以万计。此战达奚长儒身受五处创伤，其中两处被击穿，所部士兵死伤十之八九，很多士兵在兵器用光后直接以拳头为兵器，以至于手上的骨头都显露出来。战后，隋文帝赏赐达奚长儒为上柱国，另授其一子为官[①]。与此同时，隋柱国冯昱屯兵乙弗泊、兰州总管叱列长叉守御临洮、上柱国李崇屯兵幽州，皆为突厥所败。突厥纵兵自木硖关（今宁夏回族自治区固原市西南今红庄乡境内）、石门关（今宁夏回族自治区固原市北须弥山石窟之侧，这两个关隘是扼守六盘山一线的两处险关，是隋代突厥南下中原的要道，也是隋朝进击和防守突厥的重要屏障）而入，尽掠武威、金城、天水、安定、上郡、弘化、延安诸郡，诸郡人畜杀掠殆尽。仗打到这里，沙钵略可汗还想继续南侵，但达头可汗不愿深入，径自带本部兵退走（反间计已初现成果）。长孙晟又游说沙钵略可汗之侄染干散布出铁勒等部落计划谋反袭击可汗牙帐的谣言。沙钵略可汗害怕老营有失，只得撤兵出塞。

开皇三年（583）二月，沙钵略可汗联合阿波可汗又复扰隋边，经过近三年准备的隋帝国已决心发起反击。当年四月，隋文帝下诏征伐突厥，其诏曰：

往者魏道衰敝，祸难相寻，周、齐抗衡，分割诸夏。突厥之虏，俱通二国。周人东虑，恐齐好之深，齐氏西虞，惧周交之厚。谓虏意轻重，国逐安危，非徒并有大敌之忧，思减一边之防。竭生民之力，供其来往，倾府库之财，弃于沙漠，华夏之地，实为劳

[①] 《隋书》卷53《列传第18·达奚长儒》，中华书局点校本，1973，第1350页。

扰。犹复劫剥烽戍，杀害吏民，无岁月而不有也。恶积祸盈，非止今日。

朕受天明命，子育万方，愍臣下之劳，除既往之弊。以为厚敛兆庶，多惠豺狼，未尝感恩，资而为贼，违天地之意，非帝王之道。节之以礼，不为虚费，省徭薄赋，国用有余。且彼渠帅，其数凡五，昆季争长，父叔相猜，外示弥缝，内乖心腹，世行暴虐，家法残忍。东夷诸国，尽挟私仇，西戎群长，皆有宿怨。突厥之北，契丹之徒，切齿磨牙，常伺其便。达头前攻酒泉，其后于阗、波斯、挹怛三国一时即叛。部落之下，尽异纯民，千种万类，仇敌怨偶，泣血拊心，衔悲积恨。斯盖上天所忿，驱就齐斧，幽明合契，今也其时。故选将治兵，赢粮聚甲，义士奋发，壮夫肆愤，愿取名王之首，思挞单于之背，云归雾集，不可数也。东极沧海，西尽流沙，纵百胜之兵，横万里之众，亘朔野之追蹑，望天崖而一扫。

但皇王旧迹，北止幽都，荒遐之表，文轨所弃。得其地不可而居，得其民不忍皆杀，无劳兵革，远规溟海。诸将今行，义兼含育，有降者纳，有违者死。异域殊方，被其拥抑，放听复旧。广辟边境，严治关塞，使其不敢南望，永服威刑。卧鼓息烽，暂劳终逸，制御夷狄，义在斯乎！何用侍子之朝，宁劳渭桥之拜。普告海内，知朕意焉。①

檄文雄伟浩荡，激昂壮烈，阐述了隋军讨伐目的并不在杀戮生灵，而是重在安抚教化，只要突厥能和平相处，便不需要像匈奴那样称臣归附。

当月，隋军二十万（一说十余万）兵分八道，大举进击突厥。隋文帝以其异母弟卫王杨爽为行军元帅，督李充等四将率师数万自

---

① 《隋书》卷84《列传第49·北狄》，中华书局点校本，1973，第1866-1867页。

马邑出塞；河间王杨弘督上柱国豆卢勣等领军数万出灵州道，幽州总管阴寿率步骑十万出卢龙塞，秦州总管窦荣定为行军元帅，率九总管步骑三万出凉州道，诸路隋军统一由杨爽节制。杨爽军与沙钵略可汗相遇于白道（今内蒙古自治区呼和浩特市至武川县古道），李充向杨爽建议道："周、齐时代，互相征伐，旷日持久。突厥每来入寇，将领只想到保存部队，不能死战，故此突厥每每胜多败少，因此轻视中原军队。现在沙钵略倾国而来，更是对我不会防备，如果以精兵突然袭击，定能取胜。"诸将对此都感到怀疑，只有长史李彻赞同。杨爽遂命李充带五千精骑，突厥果然毫无准备，被隋军大败。混乱之中，沙钵略可汗丢弃所穿金甲，躲进草丛中逃遁。

河间王杨弘率军出灵州道后与突厥军遭遇，一场鏖战斩获突厥敌首数千级。幽州总管阴寿军出和龙道进击高宝宁，高宝宁见隋军势大，慌忙求救于突厥。此时的突厥主力正与杨爽激战于白道，已无暇分兵来救，高宝宁不敌，只得放弃和龙城北逃，于是和龙诸县悉平。后高宝宁又引契丹、靺鞨之众复来袭扰，阴寿深以为患，便以重金悬赏捉拿高宝宁，又派人离间其部将，众叛亲离的高宝宁只能避走契丹，后为其部下所杀，至此隋东北边境趋于安定。

五月，秦州总管窦荣定出凉州道，与阿波可汗大逻便对峙于高越原（今内蒙古自治区阿拉善盟阿拉善右旗东部和甘肃省武威市民勤县西北一带）。此地原本干旱无水，隋军饥渴难耐，只能刺马血而饮，死者十之二三。所幸后来天降大雨，隋军士气大振，数次击败阿波军。正当隋军节节胜利之际，一名来自敦煌的戍卒来到窦荣定军前自愿效力，这名戍卒正是隋初名将，后来征南定北，威惊绝域的太平公爵史万岁。

《隋书》记载："史万岁，京兆杜陵（今西安）人。少英武，善骑射，骁捷若飞，好读兵书。年十五，值周、齐战于芒山，万岁时从父入军，及平齐之役，其父战没，万岁以忠臣子拜开府仪同三司，袭爵太平县公。后从上柱国梁士彦击尉迟迥之乱，每战先登，以功拜上大将军。后尔朱勋以谋反伏诛，颇相关涉，坐除名，配敦煌为戍卒，自请弓马，复掠突厥中，大得六畜而归。后每辄入突厥数百里，名誉北夷。"[1]有此等猛将加盟，隋军更是如虎添翼，窦荣定遂向突厥提出："士兵有什么罪过，何必让他们互相残杀呢，只在两军中各选一位勇士决斗定胜负吧。"阿波可汗应允，遂派一名骑将挑战，隋军派史万岁应战。两相交战，史万岁驰马阵斩突厥将领首级而还，突厥大惊，不敢再战，即请议和而退。

此时长孙晟正在窦荣定军中担任偏将，借着隋军获胜，乘机派人游说阿波可汗道："摄图每次出征，都获大胜，但你阿波才入隋境，就被打败。此乃突厥之耻，难道你心里不惭愧吗？况且摄图与你兵力相差不多。现在摄图常打胜仗，被众人推崇，而你阿波出师不利，为国家带来耻辱，摄图肯定会把罪过归结到你阿波头上，消灭你这一支北牙。请你好好想一想，你能对付摄图吗？"被长孙晟忽悠一番的阿波可汗一时也没了主意，便派使者前往长孙晟处询问对策，长孙晟对使者说："现在达头可汗已与我大隋联合，摄图就拿他没办法。阿波可汗何不依附隋国天子，并联结达头可汗，这是万全之计。何必丧失兵马，自遭罪过，回去在摄图手下，受他的凌辱和杀戮呢？"阿波可汗接受了长孙晟的建议，留兵塞上并派人跟随长孙晟入朝。此时沙钵略可汗已经在白道败于杨爽，听闻阿波可汗心怀二意，与隋朝结盟，一气之下掩袭阿波所居的北牙，尽俘其部众，并杀其母亲。阿波可汗退无所归，只得西奔达头可汗玷厥。

---

[1] 《隋书》卷53《列传第18·史万岁》，中华书局点校本，1973，第1354页。

玷厥闻讯大怒,借兵给阿波东击沙钵略。此战阿波大胜,复得故地并收聚部众十万余户,后与沙钵略作战屡屡得胜,其势力益增。[1]还有诸多突厥首领都与摄图有隙,他们或投奔玷厥,或归附阿波,彼此之间攻伐不断。为了壮大声势,突厥各方势力纷纷遣使至长安求援,隋文帝都不答应,有意令他们自相削弱。

五、宜将剩勇追穷寇:
隋对突厥的持续讨伐及突厥内部分裂

开皇三年(583)六月,沙钵略可汗大举入寇幽州,隋幽州总管李崇率领步骑三千人迎击突厥军,辗转苦斗十余日,士卒伤亡惨重,只得退保砂城(今河北省怀来县辖区内)。突厥军团团围困,城墙多处倒塌,难以防守。李崇日夜血战,又缺少粮食,因此每晚都派军劫掠突厥营寨,夺取牲畜充作军粮。为此突厥一直高度戒备以防隋军偷营。后来李崇军实在饥饿难忍,只能冒死突围,但鏖战一夜几乎死亡殆尽,天明时奔回城中的只有一百多人,且都已身负重伤。后来突厥派遣使节对李崇招降,许诺封其为特勒(突厥贵族名)。李崇自知终难免一死,吩咐部下说:"我失地丧师,罪该万死。今日只有一死报效国家。你们等我死后,可暂时投降敌军,然后再乘机逃走,争取还乡。如果有人见到皇上,可转告我的话。"于是单枪匹马冲入突厥阵中,杀死敌军两人,突厥乱箭齐发,将他射死[2]。此战隋军全军覆灭,后来隋文帝以李崇之功封其子李敏为柱国。

同年八月,隋以尚书左仆射高颎出宁州道(今甘肃省庆阳市宁

---

[1] 吴玉贵:《突厥汗国与隋唐关系史研究》,商务印书馆2017年版,第25—27页。
[2] 《隋书》卷37《列传第2·李穆》,中华书局点校本,1973,第1123页。

县），内史监虞庆则出原州道（今宁夏回族自治区固原县），分兵进击突厥。此时的沙钵略可汗西边受迫于达头、阿波等势力，东面又被契丹侵逼，已是内外交困。开皇四年（584）二月，沙钵略可汗向隋朝请求和解，千金公主也上表请求改姓为杨，认作隋文帝之女。隋文帝派开府仪同三司徐平和出使突厥，封千金公主为大义公主，晋王杨广建议乘机讨伐，隋文帝不许。是时沙钵略遣使致书隋文帝曰：

从天生大突厥天下贤圣天子伊利俱卢设莫何始波罗可汗致书大隋皇帝：使人开府徐平和至，辱告言语，具闻也。皇帝是妇父，即是翁，此是女夫，即是儿例。两境虽殊，情义是一。今重叠亲旧，子子孙孙，乃至万世不断，上天为证，终不违负。此国所有羊马，都是皇帝畜生，彼有缯彩，都是此物，彼此有何异也！

隋文帝回书答复：

大隋天子贻书大突厥伊利俱卢设莫何沙钵略可汗：得书，知大有好心向此也。既是沙钵略妇翁，今日看沙钵略共儿子不异。既以亲旧厚意，常使之外，今特别遣大臣虞庆则往彼看女，复看沙钵略也。[①]

在收到沙钵略可汗上书后，隋文帝派尚书右仆射虞庆则出使突厥，长孙晟作为副使同行。隋朝使团抵达后，沙钵略一面集结军队，炫耀军威；一面又罗列珍宝，展示财富。自己则高坐堂中接见虞庆则，并声称有病不能起身，且扬言从其父以来，从不跪拜外人。虞庆则责备并晓以大义，沙钵略不理。千金公主私下对虞庆则说："可汗是豺狼性格，与他过分争执，他发怒了就会吃人的。"长孙晟则提醒沙钵略说："突厥可汗与隋朝皇帝都是大国天子，可汗

[①] 《隋书》卷84《列传第49·北狄》，中华书局点校本，1973，第1868页。

不肯起身跪拜，我们怎敢违背您的意愿。但是可贺敦是隋朝皇帝的女儿，那么可汗您就是大隋天子的女婿。女婿怎么能不尊敬岳父！"沙钵略大笑对属下达官贵人说："那是必须跪拜。"这才起立跪拜，然后跪着接受玺书，顶在头上。过一会儿，感到非常羞愧，与其部下相聚恸哭。虞庆则让沙钵略对隋上书时称臣，沙钵略问左右侍从说："什么是臣子？"左右回答说："隋朝所说的臣子，就是我们所说的奴仆。"沙钵略说："我能够成为大隋天子的奴仆，全仗虞仆射出力成全。"于是馈赠虞庆则马一千匹，并将堂妹嫁给他。①

与此同时，阿波可汗阿史那大逻便的势力正迅速壮大，其控制疆域向东越过都斤山，向西越过阿尔泰山，龟兹（今新疆维吾尔自治区库车县）、铁勒、伊吾等西域各国纷纷归附，阿波自号为西突厥。强大的突厥事实上已经分裂。在西突厥和契丹等部落的两面夹击下，沙钵略遣使向隋朝告急，请求带领部众越过沙漠，向南迁移到白道川，并希望隋朝能够提供庇护。隋文帝同意并命晋王杨广出兵接应，并提供物资，后又赏赐车乐等物器。有了隋军支持，沙钵略有恃无恐，乘机西击大逻便而破之。此时蒙古高原东部的阿拔国（铁勒部落之一）乘突厥汗庭空虚而偷袭，掠走了沙钵略的妻子和儿女，隋军反击大破之，并把缴获的全部人畜都还给了沙钵略。对此，沙钵略大为感动，约定两国以沙漠为界，并上书曰：

大突厥伊利俱卢设始波罗莫何可汗臣摄图言：大使尚书右仆射虞庆则至，伏奉诏书，兼宣慈旨，仰惟恩信之著，逾久愈明，徒知负荷，不能答谢。伏惟大隋皇帝之有四海，上契天心，下顺民望，二仪之所覆载，七曜之所照临，莫不委质来宾，回首面内。实万世之一圣，千年之一期，求之古昔，未始闻也。

---

① 《隋书》卷84《列传第49·北狄》，中华书局点校本，1973，第1869页。

突厥自天置以来，五十余载，保有沙漠，自王蕃隅。地过万里，士马亿数，恒力兼戎夷，抗礼华夏，在于北狄，莫与为大。顷者气候清和，风云顺序，意以华夏其有大圣兴焉。况今被沾德义，仁化所及，礼让之风，自朝满野。窃以天无二日，土无二王，伏惟大隋皇帝，真皇帝也。岂敢阻兵恃险，偷窃名号，今便感慕淳风，归心有道，屈膝稽颡，永为籓附。虽复南瞻魏阙，山川悠远，北面之礼，不敢废失。当今待子入朝，神马岁贡，朝夕恭承，唯命是视。至于削衽解辫，革音从律，习俗已久，未能改变。阖国同心，无不衔荷，不任下情欣慕之至。谨遣第七儿臣窟含真等奉表以闻。

从此，沙钵略正式向隋文帝俯首称臣。

隋文帝十分高兴，回书答复："沙钵略称雄漠北，多历世年，百蛮之大，莫过于此。往虽与和，犹是二国，今作君臣，便成一体。情深义厚，朕甚嘉之。已敕有司肃告郊庙，宜普颁天下，咸使知闻。"并封沙钵略之子阿史那窟含真为柱国、安国公，同时引见给独孤皇后，赏劳甚厚。沙钵略大悦，从此向隋朝贡献不绝。开皇七年（587）正月，沙钵略再遣使入贡方物，并请求在隋朝恒州（今山西省大同市）、代州（今山西省忻州市代县）一带组织围猎，隋帝许之，仍遣人赐其酒食。沙钵略率部落叩头领受，并于一日内手杀鹿十八头，赍尾舌以献。不久后沙钵略去世，隋文帝为其辍朝三日，并派太常前往祭奠。[1]

沙钵略可汗临死前认为儿子阿史那雍闾个性懦弱，遗命弟弟阿史那处罗侯继承汗位。阿史那处罗侯认为突厥历代以来汗位都是兄弟相传而非父死子继，传承不合理，主张阿史那雍闾继位。双方谦让再三，方由处罗侯继位，号称莫何可汗，封阿史那雍闾为叶护

---

[1]《隋书》卷84《列传第49·北狄》，中华书局点校本，1973，第1870页。

（相当于亲王），并派使者向隋政府通报。隋以长孙晟持节册封处罗侯为突厥可汗，并赐予鼓队旌旗。处罗侯勇而有谋，他打着隋朝赐予的旗鼓向西攻击阿波可汗，阿波部众以为隋军参战，都望风而降，阿波可汗也被生擒。

此战后，处罗侯上书隋文帝，请示如何处置阿波可汗。隋文帝召集众臣讨论，乐安公元谐建议就地斩首，武阳公李充建议押解到隋都大兴城公开处决，而长孙晟认为这属于突厥内讧，阿波可汗并没有公开与隋朝为敌，如今乘他落难而将其诛杀，达不到招抚人心的目的，应该让他们长期存在。高颎也赞同留下阿波，以示隋朝宽大。隋文帝表示同意（杀了阿波可汗，必然使处罗侯势力空前壮大，不利隋朝分而治之局面）[①]。开皇八年（588）冬，莫何可汗阿史那处罗侯西征邻国，中流矢而死，突厥贵族拥立阿史那雍闾继位，号颉伽施多那都蓝可汗。

开皇九年（589），隋军灭陈，自晋末以来分裂近300年的中华大地复归一统。战后隋文帝特意把陈后主的屏风赏赐给大义公主以示恩宠，但大义公主内心始终怀有国破家亡之痛，对她而言这道屏风分明就是隋朝又灭一国的炫耀与警告。睹物伤人的大义公主随手就在屏风上题诗一首："盛衰等朝暮，世道若浮萍。荣华实难守，池台终自平。富贵今何在？空事写丹青。杯酒恒无乐，弦歌讵有声。余本皇家子，飘流入虏廷。一朝睹成败，怀抱忽纵横。古来共如此，非我独申名。惟有《明君曲》，偏伤远嫁情。"[②]诗中最玩味的一句当属"余本皇家子，飘流入虏廷"，通常读者都会觉得"虏廷"是指突厥，可在大义公主心中，这个"虏廷"究竟是指突厥还是隋朝，旁人必是无法得知的。但是隋文帝知晓此事后深以为恨，认为

---

① 《隋书》卷51《列传第16·长孙览》，中华书局点校本，1973，第1332页。
② 《隋书》卷84《列传第49·北狄》，中华书局点校本，1973，第1871–1872页。

大义公主终归是隋朝的隐患。

开皇十三年（593），一个叫杨钦的隋朝逃犯流亡至突厥，妄称原北周驸马彭国公刘昶与其妻西河公主密谋反隋，特派他来密告大义公主。报仇心切的大义公主信以为真，不断煽动都蓝可汗起兵反隋。为探听突厥动向，长孙晟奉命出使突厥，大义公主见到长孙晟后，言辞不逊，并派心腹安遂迦（西域胡人，史载其与大义公主通奸）与杨钦计议反隋。隋文帝多次向都蓝可汗索要杨钦，都蓝可汗都谎称查遍突厥内外并无此人，拒绝交出。后长孙晟便买通其下属，获知杨钦所在，趁夜将其抓获，都蓝可汗无奈只得将人交出。与此同时，原莫何可汗阿史那处罗侯之子阿史那染干（号称突利可汗）向隋朝请求赐婚，隋文帝放话只要能除掉大义公主，隋朝立即许婚。为此突利四处散布大义公主通奸之事，突厥举国哗然，都蓝可汗恼羞成怒，最终亲手杀了大义公主，大义公主年仅三十三岁（杨钦之事，很可能也是隋朝为了除掉大义公主所用的反间计，可怜突厥一再中招）。

杀了大义公主后，都蓝可汗又向隋朝请婚，隋文帝召集众臣商议，长孙晟认为，都蓝一向反复无常，因与玷厥有矛盾，所以臣服隋朝。如果把公主嫁他，他必然凭借隋朝的声威征服玷厥、染干，今后更难制服。而阿史那染干是处罗侯之子，两代人都与隋朝交好。不如同意染干求婚，命其南迁作为防御都蓝的屏障，隋文帝对此同意。[1]

开皇十七年（597），突利可汗派使者前来迎娶公主。隋文帝将宗室之女安义公主嫁与突利可汗为妻，并相继派遣牛弘、苏威、斛律孝卿作为使者，不断赏赐突利夫妇。都蓝可汗十分恼怒，认为自

---

[1]《隋书》卷51《列传第16·长孙览》，中华书局点校本，1973，第1332-1333页。

己是突厥大可汗，反而不如突利这个小可汗，于是断绝了对隋朝的朝贡，开始侵扰隋朝边境。

开皇十九年（599）二月，突利可汗报告都蓝可汗准备攻击隋朝大同城，隋文帝命汉王杨谅为行军元帅（名义指挥，不到前线），以尚书左仆射高颎出朔州道，尚书右仆射杨素出灵州道，上柱国燕荣出幽州道，三路进击突厥。都蓝可汗获悉隋军讨伐，十分畏惧，遂与达头可汗结盟，共同打击突利，双方在长城下会战，突利大败。都蓝尽杀突利兄弟子侄，并不断追击，突利与长孙晟只带着五骑连夜南逃，天明时分才陆续收集了数百名散骑。此时突利却对长孙晟说："今兵败入朝，一降人耳，大隋天子岂礼我乎？玷厥虽来，本无冤隙，若往投之，必相存济。"长孙晟恐其有二心，遂暗中派人入伏远镇（今山西省大同市西北），令镇中速举烽火。突利见四处烽火俱燃，便问长孙晟："城上然烽何也？"长孙晟谎称："我国家法，若贼少举二烽，来多举三烽，大逼举四烽，使见贼多而又近耳。"突利可汗闻后大惧，只能火速避入隋朝。后来长孙晟带突利可汗入朝，隋文帝闻大喜，进授长孙晟左勋卫骠骑将军，持节护突厥。①

四月，隋上柱国赵仲卿率军三千在族蠡山（今山西省朔州市以北）与突厥军相遇，激战七天大破之，俘虏千余人，牲畜以万计。都蓝可汗大军赶到后，赵仲卿把军队结成方阵，四面抵抗，苦战五日，高颎大军终于赶到，内外夹击，突厥败退，高颎一路追击过白道川，越过秦山（内蒙古大青山）七百里而还。

同月，越国公杨素军在灵州以北地区与达头可汗阿史那玷厥遭遇。以往隋军在与突厥交战时因担心突厥骑兵冲击，都采用战车、

---

① 《隋书》卷51《列传第16·长孙览》，中华书局点校本，1973，第1333-1334页。

骑兵和步兵相互交叉的阵法，阵外四周遍设鹿角、蒺藜等物，骑兵被保护在最里面。杨素认为这只是自我保护的办法，不能取得胜利，于是改变战术，下令骑兵摆开阵势。达头可汗听说后大喜道："真是天赐我也！"并下马仰天而拜，即率十余万精骑直扑隋军。隋上仪同三司周罗睺看到突厥阵形不整，乃请令率精骑迎击，杨素指挥大军随后继进，突厥大败，达头可汗身负重伤逃走，突厥军死伤不可胜数。

十月，隋朝册封突厥突利可汗阿史那染干为意利珍豆启民可汗，原属染干之部众纷纷前来归附，隋文帝命长孙晟率军五万驻朔州，兴筑大利城以便他们居住。当时安义公主已经去世，隋文帝又把宗室女义成公主嫁给染干。长孙晟上奏表示虽然染干部落回归的越来越多，但在长城之内，还是会被都蓝袭击，不能安心定居，建议把他们迁徙到五原（今陕西省定边县）一带放牧，可以凭借黄河天堑免遭都蓝攻击，人心必然安定。隋文帝同意了他的建议，并派越国公杨素出灵州，行军总管韩僧寿出庆州（今甘肃省庆城县），太平公史万岁出燕州（今河北省涿鹿县），大将军姚辩出河州（今甘肃省临洮县），合击都蓝可汗。大军还未出发突厥内部已经大乱，都蓝可汗为部下所杀，达头可汗阿史那玷厥自称步迦可汗。隋军连战告捷，突厥内部持续分裂，臣民四散流离。隋朝趁此机会以染干名义前往招抚，于是诸部归降染干者日益增多。

六、圣人之光照朔漠：
隋朝对突厥的完全胜利及启民可汗统一草原

开皇二十年（600）四月，突厥步迦可汗阿史那玷厥大举进犯隋朝边塞。隋文帝命晋王杨广、越国公杨素出灵武道，汉王杨谅、

47

太平公史万岁出马邑道，分兵迎击。当时长孙晟为秦州总管，受杨广指挥。大军出塞后，长孙晟向杨广献计，预先在突厥军饮用水源处投放毒药，突厥人畜饮水后多被毒死，纷纷以为天降恶水，是灭亡征兆，因此连夜遁逃。长孙晟率部追击，斩杀突厥千余人，俘获牲畜数千头。杨广为贺长孙晟之功，摆下宴席，与其同饮言欢，席间有突厥来降贵族，对众人言道："突厥之内，大畏长孙总管，闻其弓声，谓为霹雳，见其走马，称为闪电。"杨广大笑道："将军震怒，威行域外，遂与雷霆为此，一何壮哉！"可见长孙晟之威已深入突厥人心，凯旋回朝后，长孙晟被授予上开府仪同三司，并受命开赴大利城安抚新投降的突厥部落。①

同月，史万岁军至大斤山（今内蒙古自治区大青山地区），与突厥军遭遇。步迦可汗派人询问隋军主帅何人，斥候回报乃是史万岁。步迦可汗又问："得非敦煌戍卒乎？"回曰："是也。"步迦可汗大为畏惧，匆忙引军回撤。史万岁追击百余里，大破突厥军，斩杀数千，又深入沙漠数百里，凯旋而归。后来步迦可汗又派其侄阿史那俟利伐从沙漠东面攻击启民可汗，隋文帝发兵防守沿边要道，俟利伐无计可施只能退回沙漠。战后启民可汗阿史那染干上表致谢隋文帝曰：

自天以下，地以上，日月所照，唯有圣人可汗。大隋圣人莫缘可汗，怜养百姓，如天无不覆也，如地无不载也。诸姓蒙威恩，赤心归服，并将部落归投圣人可汗来也。或南入长城，或住白道，人民羊马，遍满山谷。染干譬如枯木重起枝叶，枯骨重生皮肉，千万世长与大隋典羊马也。愿圣人可汗千岁万岁常如今日也。②

启民可汗为隋文帝上尊号称"圣人莫缘可汗"，意为"圣贤、

---
① 《隋书》卷51《列传第16·长孙览》，中华书局点校本，1973，第1334-1335页。
② 《隋书》卷84《列传第49·北狄》，中华书局点校本，1973，第1873页。

富有的君主"，这也是中国有历史记载以来，中原王朝的皇帝第一次兼任游牧民族的可汗，可以说隋文帝创造了历代中原皇帝都未曾达到的功业。

仁寿元年（601）正月，突厥步迦可汗又犯边塞，并击败隋代州总管韩弘，长孙晟上奏隋文帝："臣夜登城楼，望见碛北有赤气，长百余里，皆如雨足，下垂被地。谨验兵书，此名洒血，其下之国必且破亡。欲灭匈奴，宜在今日。"①隋朝对突厥的最后打击即将到来。当年十一月，隋文帝诏令杨素为云州道行军元帅，长孙晟为受降使者，联合启民可汗北击步迦可汗。仁寿二年（602）三月，突厥思力俟斤（官名）等率部南渡过黄河，掠夺启民可汗部众男女六千人、牲畜二十余万头。长孙晟与大将军梁默率轻骑追击，转战六十余里，大败突厥。思力俟斤北走，杨素大军紧追不舍，到夜里终于赶上。为防止突厥分散逃跑，杨素命令大队骑兵悄悄跟在后边，并亲率两名骑兵和两名突厥降人混入敌阵与之同行，等到突厥停顿之际，立即招呼后边的骑兵发动袭击，突厥由此大败。经过此战，步迦可汗远逃塞北，再也不敢侵略漠南。

步迦可汗既败，长孙晟又建议启民可汗分遣使者往北方铁勒等部招抚。仁寿三年（603），铁勒、阿拔、仆骨等十余部背离步迦，皆降于启民可汗，步迦可汗部众溃不成军，只能向西投奔吐谷浑汗国。按照隋文帝旨意，长孙晟率军将启民可汗安置于碛口（今内蒙古自治区呼和浩特北），之后数年，启民可汗在隋朝扶持下重新统一了东突厥。

---

① 《隋书》卷51《列传第16·长孙晟》，中华书局点校本，1973，第1334–1335页。

七、尾声

自开皇元年（581）突厥沙钵略可汗入寇隋境，至仁寿三年（603）启民可汗重新统一东突厥，突厥与隋朝的战争持续了二十多年，最终以隋朝的全胜而告终。究其原因，在于新生的隋王朝以强大的国力和军力为基础，一改周、齐时代对突厥和亲退让的对外政策，主动出击、决胜千里。无论是作为最高统帅的隋文帝杨坚还是前线将领杨爽、高颎、杨素、史万岁等，或运筹帷幄，或奋战疆场，君臣一心、三军用命。其中最重要的原因还是在于长孙晟成功运用了离间分化的战略。汉武帝时代汉匈大战延绵数十年，终究两败俱伤，而隋朝能在二十年时间内征服突厥，长孙晟之计实居首要之功，也令后世史家赞叹不已。

猎猎的狼头旗在寒风中如泣如诉，自木杆可汗以来称雄漠北数十年、控弦数十万的突厥汗国，在隋朝连续的反间计下被打得分崩离析，不得不称臣纳贡。突厥之败，其实不在于战场，而在贵族之间，可汗叔侄兄弟之间，尔虞我诈，相互猜忌，致使敌人离间计得逞，历来国必自侮，然后敌国始得而侮之，此语诚不虚也。

至隋炀帝时代，启民可汗始终忠心顺服于隋朝，甚至有率全族改穿中华衣冠，归入隋朝的念头。隋炀帝巡幸北境期间，启民可汗率领诸部落酋长数十人，亲自为隋帝割除御帐外的稻草，谦恭之态无以复加。然而好景不长，隋炀帝继位以来穷奢极欲，对内开凿运河，巡游无度，对外三征高丽，连年用兵，天下苦弊之极。至隋朝末年农民起义揭竿而起，烽火已是遍布全国。在处理突厥关系时，隋炀帝也是昏招频出。他采纳了大臣裴矩的建议，设计杀害了突厥始毕可汗（启民可汗之子）宠臣史蜀胡悉，始毕可汗由此怨恨隋朝，并趁隋炀帝北巡之机，亲率数十万大军在雁门郡包围隋炀帝，后者向义成公主求救方得解围。经过此事后，突厥对隋的臣服关系也不复存在。

大业十四年（618），隋朝最终覆灭于农民起义的浪潮之中，而东突厥则利用中原的纷乱重新走向强盛。东起契丹、室韦，西尽吐谷浑、高昌诸国，都纷纷降附于东突厥，《新唐书》记载："隋大业之乱，始毕可汗咄吉嗣立，华人多往依之，契丹、室韦、吐谷浑、高昌皆役属，窦建德、薛举、刘武周、梁师都、李轨、王世充等倔起虎视，悉臣尊之。控弦且百万，戎狄炽强，古未有也。"就连唐高祖李渊起兵时，也遣使通好突厥。唐朝建国后，突厥曾八次南侵，兵锋直抵渭水，逼迫唐太宗缔结城下之盟，直到贞观四年（630），李靖击破突厥，俘获颉利可汗，东突厥方告灭亡，此乃后话。

附：

突厥汗国世袭表（至颉利可汗）：

名称	在位年代	与前者关系	同期中原王朝时代
伊利可汗（阿史那土门）	552年	首任可汗	西魏废帝元年
乙息记可汗（阿史那科罗）	552—553年	土门之子	西魏废帝元年至二年
木杆可汗（阿史那俟斤）	553—572年	科罗之弟	西魏废帝二年至北周天和七年
佗钵可汗	572—581年	俟斤之弟	北周天和七年至隋开皇元年
沙钵略可汗（阿史那摄图）	581—587年	科罗之子	隋开皇元年至开皇七年
莫何可汗（阿史那处罗侯）	587—588年	摄图之弟	隋开皇七年至开皇八年
都蓝可汗（阿史那雍闾）	588—599年	摄图之子	隋开皇八年至开皇十九年
启民可汗（阿史那染干）	599—609年	处罗侯之子（一说摄图之子）	隋开皇十九年至隋大业五年
始毕可汗（阿史那咄吉世）	609—619年	染干之子	隋大业五年至唐武德二年
处罗可汗（阿史那俟利弗设）	619—620年	咄吉世之弟	唐武德二年至武德三年
颉利可汗（阿史那莫贺咄设）	620—630年	俟利弗设之弟	唐武德三年至唐贞观四年
另有阿波可汗（阿史那大逻便）	581—587年	俟斤之子	隋开皇元年至开皇七年
第二可汗（阿史那庵逻）	581—587年	佗钵之子	隋开皇元年至开皇七年
达头可汗（阿史那玷厥）	576—603年	室点密可汗之子	北周建德五年至隋仁寿三年

隋与突厥主要交战纪年表：

战役名称	时间	地点	结果	隋军参战将领
突厥第一次入侵隋朝之战	581—582 年	隋朝整个北方国境线	突厥取胜	阴寿、虞庆则、达奚长儒、贺娄子干等
隋军第一次出击	583—584 年	河套地区、灵州道、和龙道	隋朝取胜	杨爽、杨弘、阴寿、窦荣定等
突厥入寇幽州	583 年	幽州地区	突厥取胜	李崇
隋军第二次出击	583 年	宁州道、原州道	隋朝取胜	高颎、虞庆则等
隋军反击阿拔部	584 年	晋阳以北	隋朝取胜	杨广等
隋军第三次出击	599 年	朔州道、灵州道、幽州道	隋朝取胜	杨谅、高颎、杨素、燕荣、赵仲卿等
隋军第四次出击	599 年	庆州、灵州、燕州、河州	隋朝取胜	杨素、史万岁、韩僧寿、姚辩等
隋军第五次出击	600 年	灵武道、马邑道	隋朝取胜	杨广、杨谅、杨素、史万岁、长孙晟等
隋军第六次出击	601—602 年	云州道	隋朝取胜	杨素、启民可汗、梁默、长孙晟等

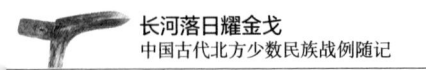

参考文献

[1]（唐）令狐德棻：《周书》卷50，北京：中华书局，1971。
[2]（唐）魏征：《隋书》卷84，北京：中华书局，1973。
[3] 林幹：《突厥与回纥史》，呼和浩特：内蒙古人民出版社，2007。
[4] 马长寿：《突厥人与突厥汗国》，桂林：广西师范大学出版社，2006。
[5] 姜戎：《狼图腾》，武汉：长江文艺出版社，2004。
[6] 罗三洋：《柔然帝国传奇》，北京：中国国际广播出版社，2009。
[7] 姜玉成：《塞外烽烟——突厥之战》，北京：中国财富出版社，2015。
[8]（北齐）魏收：《魏书》卷103，北京：中华书局，1974。
[9]（南梁）沈约：《宋书》卷95，河南：中州古籍出版社，2014。
[10]（南梁）萧子显：《南齐书》卷59，河南：中州古籍出版社，2014。
[11]（北齐）魏收：《魏书》卷4，北京：中华书局，1974。
[12] 杨军：《鲜卑帝国传奇》，北京：中国国际广播出版社，2008。
[13]（宋）欧阳修等：《新唐书》卷217，河南：中州古籍出版社，2014。
[14] 吴玉贵：《突厥汗国与隋唐关系史研究》，北京：商务印书馆，2017。
[15]（唐）李百药：《北齐书》卷4，北京：中华书局，1972。
[16]（唐）魏征：《隋书》卷51，北京：中华书局，1973。
[17]（唐）魏征：《隋书》卷53，北京：中华书局，1973。
[18]（唐）魏征：《隋书》卷37，北京：中华书局，1973。
[19] 韩昇：《隋文帝传》，北京：人民出版社，1998。

三、唐风劲扫胭脂地——

焉耆国简史和唐朝对焉耆战争记略

大唐贞观十八年（644）八月十一日夜，在远离京师长安数千里之遥的西州（唐灭高昌后所置，治所在今新疆维吾尔自治区吐鲁番市高昌古城），日间往来赶路的商旅在享用了葡萄美酒和牛羊肉后都已安歇，宁静的夜空中偶有一两声胡笛声飘过。就在这一片静谧之中，西州的城门缓缓打开，3000余名顶盔掼甲的精兵飞驰而出，战马喷吐着粗气，陌刀闪烁着寒光，汇合成一道洪流，向西奔涌而去。他们此行的目的，是把大唐天可汗的惩罚带给一个叫作焉耆的国家。

一、龙驹美酒伽蓝音：
隋唐以前焉耆国的历史变迁

它存在于历史的尘埃中，也存在于亚欧贸易的记载中；
它存在于宗教的传承中，也存在于丝路文明的记忆中。

这段充满诗意的文字，描绘的是一个叫作焉耆的古国。焉耆位于天山南麓的焉耆盆地腹心，其东面为博斯腾湖，西部位于天山南麓的山脉之间，西南接近塔里木盆地，是今天新疆维吾尔自治区焉耆回族自治县所在地。其地虽然降水稀少，但水量充沛，天山积雪融化后雪水流经盆地，形成了以开都河为主的多条河流，最终注入博斯腾湖，而流经地就成了适宜居住的绿洲。博斯腾丰富的水资源为当地的居民提供了保障，也成了"鱼盐蒲苇之饶"之地。坐落在这片绿洲之上的焉耆古国，有着肥沃的土地，种植着稻、麦、粟等作物，并有着丰富的手工业和发达的畜牧业，《魏书》记载焉耆："畜有驼马牛羊。养蚕不以为丝，唯充绵纩。俗尚蒲桃酒，兼爱音乐。"[①] 其特产是被称为"龙驹""海马"的焉耆马。早在汉代，焉耆

---

① 《魏书》卷102《列传第90·焉耆》，中华书局点校本，1974，第2265页。

三、唐风劲扫胭脂地——焉耆国简史和唐朝对焉耆战争记略

马就在中原和西域享有盛名,其以耐走、轻捷、灵活、平稳等著称,不仅善于奔驰,能够跋山涉水,而且能够过路不忘,并且能驮重物。和焉耆马一样,这方水土哺育的古代焉耆人民操吐火罗语,喜饮葡萄美酒,酷爱音乐,能歌善舞,并创造了灿烂绚丽的佛教文化。在今天的焉耆县西北三十公里处,有一处保存着很多古焉耆国遗址的地方,叫七格星明屋,意为"千间房子",它是由南、北两座寺院遗址和一个小型的石窟群所构成的,两处寺院遗址的规模都非常庞大。"千间房子"恰能反映当年这里香火兴旺,佛教昌盛。如今遗址仅剩下了大殿、僧房和佛塔,据考证可能属于唐朝到元朝时期的建筑,但是开创寺庙的时期可以推到南北朝。石窟在北寺之南,大约有十座,见证了从中原到西域的僧侣,在焉耆交汇碰撞,留下了佛教传播的火花与烙印。

"焉耆"一名最早出现在汉代,又音译为焉支、燕支、烟支、胭脂、焉脂、焉者、焉提,此外也称阿焉尼。《汉书》记载:

> 焉耆国,王治员渠城,去长安七千三百里。户四千,口三万二千一百,胜兵六千人。击胡侯、却胡侯、辅国侯、左右将、左右都尉、击胡左右君、击车师君、归义车师君各一人,击胡都尉、击胡君各二人,译长三人。西南至都护治所四百里,南至尉犁百里,北与乌孙接。近海水多鱼。[①]

西汉初期,焉耆曾一度隶属于大月氏国。大月氏最早生活在祁连山、焉支山一带,汉初其在与匈奴战争中失败,被迫向西迁徙。在西迁之路中,一部分月氏人途经焉耆盆地时,发现这里具有良好的生存环境,其环山带水的地形形成了天然的防御屏障,于是选择在这里定居下来,并逐步征服了当地原住民族敦薨人。为了纪念遥

---

① 《汉书》卷96下《西域传第66下》,中华书局点校本,1964,第3917–3918页。

远的故乡，月氏人的新王国以焉耆（焉支）命名。而月氏人有时也被称为"龙部落"，所以在焉耆处于统治阶层的龙氏家族应该就是曾经的月氏人。

公元前176年，匈奴冒顿单于致信汉文帝："以天之富，吏卒良，马强力，以夷灭月氏，尽斩杀降下之。定楼兰、乌孙、呼揭及其旁二十六国，皆以为匈奴。诸引弓之民，并为一家。"[①]可见此时的匈奴已战胜月氏，控制了西域诸国，焉耆也被匈奴收入了囊中。至汉武帝时期，汉朝对匈奴发起反击，并围绕西域展开一系列博弈。征和四年（前89），汉朝讨伐车师国。此次用兵征调了西域六个国家的兵力，其中明确提到了楼兰、尉犁、危须三国，而另外三个国家中大概率包括了焉耆，因为汉军调遣楼兰、尉犁和危须兵力北上攻打车师，焉耆是必经之路（考古学家黄文弼认为此战虽没有提到焉耆，但焉耆与危须、尉犁均为近邻，必然参与其中），既然汉朝能够征发焉耆军队，说明在汉武帝时期，汉朝已经与焉耆有了一定联系和往来。

车师是西域大国，其国土富饶，又位处西域要害，是汉朝与匈奴反复争夺的对象。焉耆作为车师的邻国，在汉朝的战略博弈中居于重要地位。史载焉耆有"击车师君、归义车师君各一人"，这两个官职是由汉朝所设。"击车师君"顾名思义是负责攻打车师国的职位，"归义车师君"则是处理车师人归降事宜的，在西域诸国中只有焉耆设置了该职位。神爵二年（前60），匈奴日逐王降汉，匈奴在西域的势力遭到沉重的打击。神爵三年（前59），汉设西域都护，治于焉耆西南乌垒城（今新疆维吾尔自治区巴音郭楞蒙古自治州轮台县），由此开始全面掌控了西域。至西汉末年，由于王莽之

---

① 《史记》卷110《匈奴列传第50》，中华书局点校本，1959，第2896页。

乱，汉朝对西域控制减弱，焉耆一度脱离中原统治。新莽始建国五年（13），焉耆杀死西域都护但钦。天凤三年（16），王莽派遣五威将军王骏、西域都护李崇等讨伐焉耆，焉耆联合姑墨、尉犁、危须等国大败王骏的军队。此役之后，新莽政权势力退出了西域，中原与焉耆的联系逐渐断绝。

东汉初年，地处南疆莎车国（今新疆维吾尔自治区莎车、麦盖提等地区）逐渐崛起，开始蚕食吞并西域诸国。莎车王对征服的西域诸国征收重税，引起西域诸国人民强烈不满。建武二十一年（45），焉耆协同车师前王、鄯善等十八国"遣子入侍，献其珍宝。及得见，皆流涕稽首，愿得都护"。①东汉政府不允，焉耆等国只得又重新归附匈奴。至永平十七年（74），东汉重新设置西域都护和戊己校尉，但匈奴立即纠合了车师、焉耆、龟兹等国来犯，攻杀了东汉西域都护陈睦以及将士两千余人，东汉无奈撤还了刚刚设置一年之久的西域都护。

虽然东汉初年重设西域都护的努力暂时失败，但此后传奇人物班超却一直在努力不懈地经营西域。至永元三年（91），除了焉耆、危须、尉犁等少数国家，西域诸国已尽归东汉。永元六年（94），班超征发龟兹、鄯善等国攻打焉耆，焉耆准备凭险抵抗。于是班超选择从水路发起了进攻，并于当年七月末到达焉耆城外，焉耆王广无奈归降，后被斩于陈睦故城。自此东汉又重新征服了焉耆。班超之后，东汉西域都护经营无方，焉耆又叛，至班超之子班勇时再度收服，终东汉一朝焉耆未有再叛。②

曹魏黄初元年（220），"濊貊、扶馀单于、焉耆、于阗王皆

---

① 《后汉书》卷88《西域传第78》，中华书局点校本，1965，第2924页。
② 《后汉书》卷88《西域传第78》，中华书局点校本，1965，第2928页。

各遣使奉献"。①太和元年（227），焉耆王又遣子入侍。正始元年（240），"东倭重译纳贡，焉耆、危须诸国，弱水以南，鲜卑名王，皆遣使来献"。②此时的焉耆正积极吞并着周边小国，其频繁来朝，目的在于寻求曹魏对其兼并行动的认可与支持。西晋时代，鲜卑逐渐侵占了河西走廊，中原与西域的交流大为减少。诸国之中唯有焉耆在泰始六年（270）来朝贡献方物。咸宁五年（279），西晋收复河西地区，西域诸国陆续来朝。太康六年（285），龟兹、焉耆等国陆续遣子入侍。

西晋末年天下大乱，北方少数民族纷纷南下，中国进入分裂时期，此后焉耆对中原更是叛服无常。东晋永和元年（345），前凉张骏在征服鄯善、龟兹等国后对焉耆开战，《晋书》记载："张骏遣沙州刺史杨宣率众疆理西域，宣以部将张植为前锋，所向风靡。军次其国，（焉耆王）熙距战于贲仑城，为植所败。熙率群下四万人肉袒降于宣。"③此战之后，焉耆投降了前凉政权。张骏死后，前凉渐渐衰弱，与此同时氐族建立的前秦不断强盛，最终统一北方。太元八年（383），前秦以吕光率师十万征讨西域，秦军抵达焉耆后，焉耆王泥流举国投降。太元十一年（386），吕光建立后凉政权，焉耆又成为了后凉的附属国。

前秦灭亡后，河西一带政权林立。除了后凉，焉耆与西凉、北凉等也时有和战。隆安二年（398），鲜卑拓跋部建立北魏，中国开始进入了南北朝时期。太延元年（435），蠕蠕（柔然）、焉耆、车师等国各遣使向北魏朝贡，这是正史中有明确记载的焉耆首次向北魏朝贡。太延五年（439），魏太武帝拓跋焘消灭北凉，重新统一北

---

① 《三国志》卷2《魏书2·文帝纪二》，中华书局点校本，1959，第58页。
② 《晋书》卷1《帝纪第1·宣帝》，中华书局点校本，1974，第13页。
③ 《晋书》卷97《列传第67·四夷》，中华书局点校本，1974，第2542-2543页。

方。在此之前，焉耆曾一度脱离北魏，并经常劫掠北魏使团。太平真君九年（448）九月，太武帝命成周公万度归率军讨伐焉耆。魏军远征仅有数千轻骑突进，一路取粮于敌，保证了进军的顺畅。抵达焉耆之后，万度归领军从东面进攻，先后拿下左回、尉犁二城，进而包围焉耆国都员渠城，焉耆王鸠尸卑那率四万人出城守险抵抗。魏军奋勇冲击，鸠尸卑那部众大溃，乃逃奔龟兹。龟兹王以其为女婿，厚待之。

此役过后，焉耆再无力对北魏分庭抗礼，但漠北草原之上，和拓跋鲜卑同出于东胡族系的柔然汗国正在快速崛起，逐渐征服了西域诸国。《宋书》记载："僭称大号，部众殷强，与中国亢礼，西域诸国焉耆、鄯善、龟兹、姑墨东道诸国，并役属之。"[①] 公元六世纪初，中亚游牧民族嚈哒（滑国）兴起，随后不断向东侵逼，鼎盛之时一度灭亡了焉耆。后来焉耆在高昌支持下复国，至保定四年（564），焉耆又向北周遣使贡献名马，与中原重新建立了联系。而此时的中国即将开启隋唐大一统盛世，焉耆与中原的交往也将进入一个新的时代。

---

① 《宋书》卷95《列传第55》，中华书局点校本，1974，第2357页。

二、双雄竞会：唐初西域形势及唐攻灭焉耆之战始末探究

（一）西北望天狼：突厥的兴起及西突厥对焉耆的控制

突厥发源于阿尔泰山，西魏年间起兵击败柔然汗国，数十年间发展成控弦数十万，幅员上万里的强大游牧帝国。突厥在东方威胁周、隋王朝的同时，向西先后役属了铁勒、葛逻禄、拔悉密诸部，并联合波斯消灭了嚈哒，西域伊吾、高昌、焉耆等国纷纷依附突厥。此后，在隋朝政治与军事双重进攻下突厥汗国内讧不断，逐步分裂为东、西突厥，其中东突厥在隋军不断打击下最终俯首称臣，而西突厥因为其疆土与隋距离较远，趁机发展壮大。大业六年（610），西突厥射匮可汗继位后积极开拓疆域，玉门关以西的伊吾、高昌、焉耆、于阗、龟兹、疏勒、葱岭、康国尽皆臣服，其王庭设于龟兹北三弥山（今新疆维吾尔自治区库车县北依契克巴什河一带之山）。射匮可汗死后其弟统叶护可汗继位，西突厥更加强盛，"北并铁勒，西拒波斯，南接罽宾（今克什米尔），阿尔泰山以西悉属之"[①]。

统叶护可汗时代，突厥每征服西域一国，皆授予其国首领"俟利发"的名誉爵号，同时派遣吐屯常驻于附属国行监国之权并督促其向突厥王庭上交赋税。通过赐予官号"俟利发"、派遣"吐屯"等方式，西突厥实现了对西域诸国的管理和控制。此时的焉耆，经过多年战乱，国力已经不断衰弱。《隋书》记载："焉耆国，都白山之南七十里，汉时旧国也。其王姓龙，字突骑。都城方二里。国内

[①]《旧唐书》卷194《列传第144下·突厥下》，中华书局点校本，1975，第5181页。

有九城，胜兵千余人。国无纲维。"①虽然国小兵弱，但由于地处要冲，商旅往来频频，经济和文化兴盛，焉耆仍然是西域主要国家之一，中原若想重新经营西域，焉耆是必须牢牢掌握的关键。对于焉耆的重要性，西突厥自然也是一清二楚。西突厥王庭三弥山位处焉耆西北，距离焉耆国都仅七日路程，焉耆国内动向已尽在西突厥掌控之内。焉耆王龙突骑支也同样被赐予"俟利发"称号，并受到西突厥吐屯的监视并受其役使。

尽管此时的焉耆已被西突厥控制，但其与隋朝仍有一定往来。大业五年（609），隋军击破吐谷浑后设立鄯善郡（今新疆维吾尔自治区若羌县）、且末郡（今新疆维吾尔自治区且末县西南），所辖范围及于西域。焉耆等西域诸国与隋朝的朝贡和贸易往来开始兴盛起来。"大业年中，相率而来朝者三十余国，帝因置西域校尉以应接之。"②但由于隋朝自身存在时间较短，其与焉耆等西域诸国并没有建立稳定持久的外交联系。

继隋之后的唐朝建国之初百废待兴，一面需要继续完成国内统一战争，一面又面临重新强盛的东突厥的巨大威胁，根本无力经营西域，反而是西突厥为了联合唐朝共同对付东突厥，主动遣使来唐。武德二年（619），西突厥统叶护可汗及高昌国王麴伯雅向唐高祖贡献礼物。武德八年（625），统叶护可汗请求与唐朝和亲，唐高祖表示同意，但东突厥的颉利可汗威胁统叶护可汗放弃，和亲并未成功。

---

① 《隋书》卷83《列传第48·西域》，中华书局点校本，1973，第1851页。
② 《隋书》卷83《列传第48·西域》，中华书局点校本，1973，第1841页。

（二）贞观初显龙威：唐初与焉耆的往来及征讨吐谷浑与高昌的两次战争对焉耆的政治影响

唐朝初年，焉耆虽与西突厥关系密切，但与中原亦有交往。《旧唐书》记载："焉耆国，在京师西四千三百里，东接高昌，西邻龟兹，即汉时故地。其王姓龙氏，名突骑支。胜兵二千余人，常役属于西突厥。"[①]玄奘的《大唐西域记》中也对焉耆有所描述："阿耆尼国，东西六百余里，南北四百余里。国大都城周六七里，西面据山，道险易守。泉流交带，引水为田。土宜糜、黍、宿麦、香枣、蒲萄、梨、柰诸果。气序和畅，风俗质直。王，其国人也，勇而寡略，好自称伐，国无纲纪，法不整肃。"[②]可见唐人对于焉耆风俗人情已经有了一定的了解。武德九年（626），李世民继承皇位。这位中国历史上最杰出的帝王继位之初便卧薪尝胆，励精图治，贞观三年（629）秋，唐军大举北伐，灭亡了东突厥。消灭东突厥后，大唐之威远播西域。贞观四年（630），伊吾举所属七城内附，唐以其地为西伊州（贞观九年改为伊州）。同年高昌王麹文泰、龟兹王苏伐叠遣使朝贡，随后西域十余国皆相继入贡。贞观六年（632），焉耆王龙突骑支遣使朝贡，并请求大唐重开大碛道口，以便往来贸易，便利商旅行人，太宗许之。由于焉耆地处西域天山南麓的交通要冲，是丝绸之路的必经之地，也将成为唐朝进一步联系西域诸国的重要中转站，考虑到焉耆重要的地缘政治因素，唐朝答应了焉耆的请求。

大碛道是指由敦煌向西北，穿过白龙堆（今库姆塔格沙漠）北部，经罗布泊北岸，再沿孔雀河而上，西抵焉耆的一条道路，也被

---

① 《旧唐书》卷198《列传第148·西戎》，中华书局点校本，1975，第5301页。
② 《大唐西域记》卷1《三十国·阿耆国》，中华书局2012年版，第32-33页。

称为"楼兰道"。历史上从中原经过焉耆进入天山南路诸国的道路有两条,一条通过高昌进入焉耆,该道路较为平坦,沿途国家较多,历来是中原与天山南路诸国往来最重要的通道。另外一条便是大碛道,大碛道虽不如前者有名,但是其路程却大大缩短,所以也是往来商旅的选择之一。《资治通鉴》中记载:"初,焉耆入中国由碛路,隋末闭塞,道由高昌。"[1]可见在大碛道畅通的时候,焉耆与中原的沟通主要经由大碛道。至唐初时,大碛道已被吐谷浑汗国控制,形同废弃,要重新打通大碛道,跟焉耆乃至西域建立更密切的往来,大唐势必先击败吐谷浑汗国。

吐谷浑位于今天青海地区,是鲜卑慕容部后裔所建立的游牧政权,疆域最盛时东起今甘肃南部、四川西北,南抵青海南部,西至新疆若羌、且末一带,北隔祁连山与河西走廊相接。大业年间为隋所败,隋末大乱,吐谷浑重新崛起,尽复旧疆,贞观八年(634),唐以名将李靖为西海道行军大总管,节度五路军马,西征吐谷浑。唐军一路穿行戈壁沙漠,雪山草原,经过两千里无人区,克服重重天险,对吐谷浑军穷追不舍,终于在次年五月彻底击破其国,吐谷浑可汗伏允自杀,其子慕容顺投降唐朝,吐谷浑从此成为唐朝属国。平定吐谷浑后,唐朝重新打通了大碛道,便利了与焉耆等西域诸国之间的往来。贞观九年(635)、十年(636),焉耆王龙突骑支两次向唐朝遣使入贡。

就在唐朝与焉耆关系日益密切之时,西突厥汗国正处于内讧之中。贞观二年(628),西突厥统叶护可汗遇刺身亡,其伯父莫贺咄侯屈利俟毗可汗篡位自立,引起突厥诸部不满。一些贵族找到在康居避难的统叶护可汗的儿子咥力特勤,拥戴他为可汗,号称乙毗钵

---

[1] 《资治通鉴》第13册《卷194·唐纪10》,中华书局2011年版,第6096页。

罗肆叶护可汗。莫贺咄侯屈利俟毗和肆叶护双方连年征战不已。由于西突厥内乱,原先役属的铁勒各部以及西域诸国纷纷叛离,作为西域霸主的西突厥汗国逐步走向衰弱。贞观六年(632),原本避乱于焉耆的西突厥贵族阿史那泥孰被立为咄陆可汗,并向唐朝称臣,唐太宗册封其为吞阿娄拔利苾咄陆可汗。贞观八年(634),咄陆可汗阿史那泥孰受到东突厥残余势力突袭,政权发生更迭,其弟同俄设即位,称沙钵罗咥利失可汗。

咥利失可汗在位期间,西突厥分为十部,每部各有酋长一人,由可汗各赐予一箭,因此又号称十箭部落。这十箭部落以碎叶城(今哈萨克斯坦江布尔阿克贝希姆城)为界,分为左右两厢。左厢号五咄陆部落,置五大啜,包括处木昆律啜、胡禄屋阙啜、摄舍提敦啜、突骑施贺逻施啜、鼠尼失处半啜。右厢号五弩失毕,置五大俟斤,包括阿悉结阙俟斤、哥舒阙俟斤、拔塞干暾沙钵俟斤、阿悉结泥孰俟斤、哥舒处半俟斤(咄陆、弩失毕皆为突厥部落名称,啜、俟斤为突厥高级官员)。对外方面,西突厥继续臣服唐朝,也同焉耆保持了一定的友好关系,因为咄陆可汗、咥利失可汗曾先后避乱于焉耆。

贞观十二年(638),西突厥再度发生动乱,亲唐的咥利失可汗被主战派贵族赶下汗位后避乱于焉耆。贵族阿史那欲谷设自立为乙毗咄陆可汗,乙毗咄陆可汗继位后一改亲唐的对外政策,企图重新夺回西域的控制权。前文提到唐朝重新开通大碛道,导致了经过高昌的商旅和朝贡者骤减,而高昌一直以来对过往商旅都课以重税,如此一来损失巨大。"及是,高昌大怒,遂与焉耆结怨,遣兵截焉耆,大掠而去。"[①]同年,高昌又联合西突厥处月、处密等部

---

① 《旧唐书》卷198《列传第148·西戎》,中华书局点校本,1975,第5301页。

落攻陷焉耆五城，掠走男女一千五百人，焚其庐舍而去。为此唐太宗决意出兵讨伐高昌，并借此震慑高昌背后心怀不轨的西突厥汗国。

高昌国，位于今新疆吐鲁番市高昌区，《新唐书》记载："直京师西四千里而赢，王都交河城，汉车师前王廷也，胜兵万人。"[1]武德及贞观初年，高昌王皆遣使入贡，后自恃地远和西突厥支持，以及唐朝重开大碛道之故，对唐不再恭谨，对入贡大唐的西域使者也随意拘留。贞观十三年（639）十二月，唐太宗以吏部尚书侯君集为交河道行军大总管，将步骑数万及突厥、契苾等部落征讨高昌，并遣使焉耆联合举兵，焉耆王大喜而听命，请为声援。得知唐军来伐，高昌王麹文泰起初不以为意，后听闻唐军已经抵达碛口时，竟吓得发病而亡，其子麹智盛即位。唐军兵临田地城（今新疆维吾尔自治区鄯善县西南鲁克沁镇）后，侯君集下书招降，高昌仍固城自守，唐军遂于清晨发动进攻，午时便攻下此城，俘七千余人，随后直趋高昌都城。麹智盛走投无路，致信侯君集说："有罪于天子者，先王也。天罚所加，身已丧背。智盛袭位未几，不知所以愆阙，冀尚书哀怜。"侯君集回复："若能悔祸，宜束手军门。"[2]麹智盛仍坚守不出，唐军遂填堑攻城，麹智盛智穷力竭，于贞观十四年（640）八月初八开城投降，唐军遂灭高昌，共获三郡五县二十二城，包括人口三万八千余人、马四千三百余匹，并在其地设置西州。早先，麹文泰曾与西突厥结为军事同盟，乙毗咄陆可汗遣其叶护屯可汗浮图城（今新疆维吾尔自治区吉木萨尔县北破城子）为高昌声援。及唐军至，可汗惧而西逃，叶护以城降，唐朝遂在可汗浮图城设置庭州，之后又在交河城设置安西都护府。至此，天山东部地区已基本

---

[1]《新唐书》卷221《列传第146·西域》，中华书局点校本，1975，第6220页。
[2]《新唐书》卷221《列传第146·西域》，中华书局点校本，1975，第6221-6222页。

纳入了唐朝版图。此战结束后，焉耆王龙突骑支专程来到唐军大营拜会了侯君集，唐朝将高昌所夺占的焉耆城池及其所属百姓全部归还给了焉耆，双方的友好关系看似又加深了一层，殊不知就在这时，新的危机也正在悄悄萌发。

（三）三千神兵如天降：乙毗射匮可汗重新控制焉耆及郭孝恪灭焉耆之战

贞观十六年（642），西突厥乙毗咄陆可汗击败了唐朝拥护的乙毗沙钵罗叶护可汗（咥利失可汗弟之子），重新统一了西突厥。焉耆等国原先臣服于乙毗沙钵罗叶护可汗，《资治通鉴》记载："沙钵罗叶护既立，建庭于虽合水北，谓之南庭，自龟兹、鄯善、且末、吐火罗、焉耆、石、史、何、穆、康等国皆附之。"[①]随后也相继归降了乙毗咄陆可汗。同年，乙毗咄陆可汗扣押唐朝使者，后又派兵进犯伊州，并遣处月、处密诸部围攻天山县（今新疆维吾尔自治区吐鲁番市托克逊县），唐安西都护郭孝恪率两千轻骑出乌骨道（唐代西州治所高昌城通往天山北麓北庭都护府治所北庭城最为便捷的道路）击破之。击退西突厥后，郭孝恪乘胜进占处月俟斤（部落首领）所居之城，收降其兵众而归。后来乙毗咄陆又攻破米国（西域古国名，为"昭武九姓"之一，故地在今乌兹别克斯坦共和国撒马尔罕南），夺取了大量人口与财富，但却不分给部下，由此引起了部众怨恨。西突厥五弩失毕及乙毗咄陆所部屋利啜等贵族均请求唐朝废黜乙毗咄陆，另立西突厥可汗。为此，唐太宗册封前莫贺咄侯屈利俟毗可汗之子为乙毗射匮可汗，乙毗咄陆势穷力屈，只得远逃吐火罗。

[①]《资治通鉴》第13册《卷195·唐纪11》，中华书局2011年版，第6151页。

虽然暂时击败了乙毗咄陆可汗,但唐朝与西突厥争夺西域霸权的较量远未结束。乙毗射匮可汗继位后通过和亲拉拢、武力渗透等各种手段对亲唐的西域诸国施加影响,从而逐步恢复西突厥的领导地位,其中对于焉耆的争夺更是从未停止。在乙毗射匮可汗的威逼利诱之下,实力弱小的焉耆又重新倒向了西突厥。客观地说,焉耆态度的转变与唐朝在高昌实施的一系列举措不无关系。高昌灭国后其地被唐朝设置为郡县,为避免同样的命运发生在自己身上,焉耆不得不再与西突厥结盟。为了更好地拉拢焉耆,乙毗射匮可汗让其国相阿史那屈利啜出面为其弟迎娶了焉耆王龙突骑支之女莫言花,通过政治联姻,强化了对焉耆的政治控制,焉耆也成为西突厥对抗唐朝的前沿阵地。

焉耆再度倒向西突厥对于唐朝继续经营西域无疑是巨大的隐患,为此唐太宗决心彻底征服焉耆。然而久经沙场的太宗深知虽然焉耆国小兵弱,但其背后有西突厥和龟兹等强国撑腰,何况唐军远离本土,一旦战事迁延日久,必然危及到西州和安西都护府的安全,因此这是绝不容有失的一仗,领兵的主将更是至关重要。就在这时,安西都护郭孝恪上书请求讨伐焉耆,这位唐朝经营西域的名将即将在焉耆书立下辉煌的功业。

郭孝恪(?—649),许州阳翟(今河南省禹州市)人,隋末率乡族归顺瓦岗军,与李世勣同守黎阳。武德元年(618),随李世勣归降唐朝。武德二年(619)窦建德攻破黎阳,李世勣被迫投降窦建德,但其心仍忠于唐朝,时刻与郭孝恪商量脱身之计。后来两人趁窦建德掳掠之时,率数十骑投归唐朝。武德四年(621),秦王李世民东征王世充,窦建德担心王世充灭亡后祸及自身,于是率军来援。郭孝恪对李世民进言道:"平定王世充指日可待,窦建德远来,粮运不便,这是天要亡他。大王应固守虎牢,屯军汜水,到时随机应变,歼灭他们就很容易了。"[1]是役,唐军大获全胜,战后李世民大宴众将,并道:"郭孝恪曾献擒窦建德之计,功劳在众将之上。"后以功授为上柱国,历任贝、赵、江、泾四州刺史。其任内颇有政绩,后入朝任太府少卿、左骁卫将军。

贞观二十二年(648),唐以阿史那社尔为昆丘道行军大总管,契苾何力、郭孝恪副之,合兵十余万征讨龟兹,至次年,唐军攻破龟兹都城,龟兹王被俘,其国相那利只身逃走,唐军留郭孝恪守之。不久,那利引西突厥和本国兵马万余人回袭唐军,激战中郭孝恪中流矢而死,其长子郭待诏一同战死。唐高宗即位后,追赠其为安西都护、阳翟郡公。其次子郭待封在唐高宗年间随薛仁贵征讨吐蕃,因不满自己位居于薛仁贵之下,故交战期间不听主帅部署,致使薛仁贵被吐蕃四十万大军合围在大非川。此战唐军大败,郭待封战后因罪而被贬为平民。

话接前文,贞观十八年(644),唐太宗以郭孝恪为西州道行军总管,率三千骑兵讨伐焉耆。八月十一日,唐军离开西州,出银山道往击焉耆。银山道是天山南麓中由高昌至焉耆之间的一段古道,长约七百里。《西州图经》中提到"银山道,右道出天山县系,西南向焉耆国七百里"。大军出发前,恰有焉耆王弟颉鼻叶护兄弟三人至西州,郭孝恪遂以颉鼻弟栗婆准为远征军向导。关于这七百里行军之路,《新唐书》中记载:"自州西南有南平、安昌两城,百二十里至天山西南入谷,经礌石碛,二百二十里至银山碛;又四十里至焉耆界吕光馆;又经盘石百里,有张三城守捉;又西南百四十五里经新城馆,渡淡河,至焉耆镇城。"[2]这条道路的地势从"天山西南入谷"开始变得险要起来,另据《西域图志》记载,该

---

[1] 《旧唐书》卷83《列传第33·郭孝恪》,中华书局点校本,1975,第2773页。
[2] 《新唐书》卷40《志第30·地理四》,中华书局点校本,1975,第1046页。

山谷"两崖壁立,人行其间,如一线天,为古车师西境关隘",而焉耆都城地势也极为险要,"所都周三十里,四面大山,海水缭其外"①。正是凭借着险峻的天险和易守难攻的地形,焉耆守军防备松懈,并不担心唐军来犯(其心态与高昌王麹文泰何其相似)。三千名唐军一路穿越天险绝壁,克服沿途恶劣气候影响,终于在八月二十日晚上抵达焉耆都城。随后,郭孝恪即命将士趁夜渡水,待天明时突然登上城墙,鼓角齐鸣,焉耆城内大为慌乱。唐军趁机出击,一举击败了焉耆守军并俘获焉耆王龙突骑支。

《资治通鉴》对此战也有记载:贞观十八年九月辛卯,上谓侍臣曰:"孝恪近奏称八月十一日往击焉耆,二十日应至,必以二十二日破之。朕计其道里,使者今日至矣!"言未毕,驿骑至。②可见此战开始于八月十一日,八月二十日唐军抵达焉耆,数日之内即告击破。九月辛卯(二十一日),捷报已抵达长安,诚可谓兵贵神速。关于此战斩获敌军数量,有关史料记载不一,《资治通鉴》记载(此战)获首虏七千级,《册府元龟》记载斩首虏七千级,新旧唐书均记载为斩获千余级。结合焉耆"户四千,胜兵二千"的记载,斩七千级的战果似乎有些太大,斩千余级的战果相对可信。

击破焉耆之后,郭孝恪并未留下唐军镇守,而是命大军向导栗婆准暂时监管焉耆国政,至于俘获的焉耆王龙突骑支和其他焉耆贵族都被带回唐朝。当时唐太宗正巡幸洛阳,于是郭孝恪将龙突骑支一行送至洛阳。太宗赦免了龙突骑支,并以此教导太子曰:"焉耆王不求贤辅,不用忠谋,自取灭亡,系颈束手,漂摇万里;人以此思惧,则惧可知矣。"③

---

① 《新唐书》卷221上《列传第146上·西域》,中华书局点校本,1975,第6229页。
② 《资治通鉴》第13册《卷197·唐纪13》,中华书局2011年版,第6212页。
③ 《资治通鉴》第13册《卷197·唐纪13》,中华书局2011年版,第6213页。

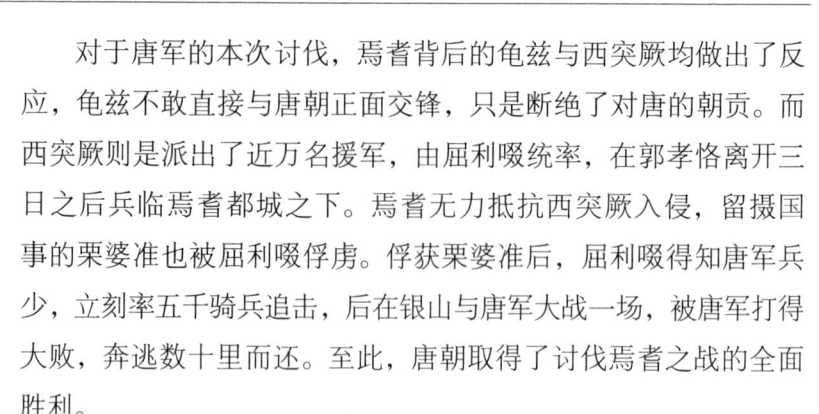

对于唐军的本次讨伐，焉耆背后的龟兹与西突厥均做出了反应，龟兹不敢直接与唐朝正面交锋，只是断绝了对唐的朝贡。而西突厥则是派出了近万名援军，由屈利啜统率，在郭孝恪离开三日之后兵临焉耆都城之下。焉耆无力抵抗西突厥入侵，留摄国事的栗婆准也被屈利啜俘虏。俘获栗婆准后，屈利啜得知唐军兵少，立刻率五千骑兵追击，后在银山与唐军大战一场，被唐军打得大败，奔逃数十里而还。至此，唐朝取得了讨伐焉耆之战的全面胜利。

唐代安西都护府管辖面积约有三百万平方公里，范围非常辽阔，但唐朝在安西的驻军却不多。《旧唐书》记载唐代安西都护府镇兵只有两万四千余人，唐军讨伐焉耆也仅仅出动骑兵三千余人。但数量如此之少的唐军不仅一举攻灭了焉耆，还在随后的反击战中也把西突厥打得一败涂地，这是因为唐朝在西域的驻军都是精锐中的精锐，不仅个个身经百战，还装备了造价昂贵的明光铠和陌刀。明光铠被认为是冷兵器时代防护性能最好的铠甲，寻常刀剑根本无法对身着明光铠的士兵造成任何损伤。而唐军骑兵使用的马槊则堪称是冷兵器时代攻击力最为凶悍的兵器，其全长超过四米。作为骑兵冲锋时的冲击型武器，锋锐所至，人马俱透。除此之外，还有被称为"骑兵克星"的陌刀，据唐代兵书《太白阴经》记载："陌刀，威力巨大，锋刃所加，流血漂杵。"正是这些精良的装备造就了唐军强悍的战斗力。

经此一战，大唐之威远播西域，唐太宗大为高兴，专门下玺书褒奖郭孝恪功劳，全文如下：

卿破焉耆，虏其伪王，功立威行，深副所委。但焉耆绝域，地阻天山，恃远凭深，敢怀叛逆。卿望崇位重，报效情深，远涉沙场，躬行罚罪。取其坚壁，曾不崇朝，再廓游魂，遂无遗寇。缅思竭力，必大艰辛，超险成功，深足嘉尚。[1]

（四）西域沃土终化唐州：战后焉耆都督府及安西四镇中焉耆镇的创设

虽然唐军以迅雷不及掩耳之势拿下了焉耆国都并击败了屈利啜的援军，但唐朝与西突厥围绕焉耆的争夺还在持续。唐军撤退后不久，亲唐的栗婆准就被除掉，新上台的焉耆王薛婆阿那支在外交上又重新倒向了西突厥。对于这段历史，新、旧唐书均有一些记载（《新唐书》记载："焉耆立栗婆准，而从兄薛婆阿那支自为王，号瞎干，执栗婆准献龟兹，杀之。"[2]《旧唐书》记载："处般啜乃执栗婆准送于龟兹，为所杀。"[3]）。

贞观二十二年（648），阿史那社尔率军讨伐龟兹（前文有述），此战唐军率先攻克了焉耆北部的处罗、处密二部，焉耆王薛婆阿那支弃城而逃。唐军穷追不舍，将其俘获后斩首。消灭阿那支之后，唐朝立龙突骑支弟婆伽利为王。至永徽二年（651），"焉耆王婆伽利卒，国人表请复立故王突骑支，诏加突骑支右武卫将军，遣还国。"[4]龙突骑支归国后，一直臣服于唐朝，焉耆遂成为唐朝的忠实属国。

由于自贞观十八年（644）至永徽二年（651）这段时间，焉耆王多次发生变化，在此也对其作个简单梳理：

---

[1] 《旧唐书》卷83《列传第33·郭孝恪》，中华书局点校本，1975，第2774页。
[2] 《新唐书》卷221上《列传第146上·西域》，中华书局点校本，1975，第6229页。
[3] 《旧唐书》卷198《列传第148·西戎》，中华书局点校本，1975，第5302页。
[4] 《资治通鉴》第13册《卷199·唐纪15》，中华书局2011年版，第6274页。

贞观至永徽年间焉耆国王名称：

龙突骑支→栗婆准→薛婆阿那支→婆伽利→龙突骑支→龙嫩突

为了更好地控制焉耆，贞观十八年（644），唐朝在攻下焉耆国都之后，即在其地设置了焉耆都督府作为羁縻府州，焉耆国王同时也是唐朝的羁縻州都督。不久，西突厥势力重新控制了焉耆，焉耆都督府也随之废弃。贞观二十二年（648），唐灭龟兹之后又重新恢复焉耆都督府，焉耆都督府隶属于安西都护府，其下不领州、县，其境东抵西州，南接沙州，西邻龟兹都督府，北依天山。同年，唐朝将安西都护府由高昌迁到龟兹，以郭孝恪为安西都护，统领龟兹、于阗、疏勒、焉耆四地，并修筑城堡，建置军镇，谓之"四镇"，这就是后来著名的安西四镇。

焉耆镇，全称焉耆镇守军，其故址即今新疆焉耆回族自治县南、博斯腾湖西岸的博格达泌古城。镇守备长官称焉耆镇守使或焉耆镇守军大使，常驻兵力在三千人左右，主要来源于内地汉人，平时屯田，战时荷戈，自备粮秣。作为戍守西域边防的重要军事力量，焉耆镇对于拱卫安西都护府安全，确保大唐牢固掌控焉耆地区局势以及保证丝绸之路中线畅通发挥着至关重要的作用。军镇实际上是一种军事组织，由羁縻府州到四镇的设立，是唐朝在西域地区实行的一种"胡汉结合、军政并行"的政治体系，以四镇拱卫安西都护府，从而实现对西域的稳固统治。自贞观二十二年（648）设置以来，安西四镇时置时罢，常有变动。永徽元年（650），唐高宗一度取消了四镇，安西都护府也迁回西州。显庆二年（657），唐将苏定方平定阿史那贺鲁叛乱后将安西都护府治所迁回高昌故地。次年，安西都护府又迁回龟兹城，并升格为大都护府，四镇也随之恢复。

三、丝路烽烟不绝缕：
吐蕃的崛起与唐对焉耆统治的逐渐瓦解

就在唐朝与西突厥反复争夺西域之际，位于西藏地区的吐蕃王朝正在迅速崛起。贞观年间，吐蕃赞普（吐蕃君主称号，大丈夫之意）松赞干布不断对外扩张，逐步征服了象雄等周边小国。至龙朔三年（663），吐蕃又灭亡了吐谷浑汗国，吐谷浑王诺曷钵被迫率数千帐内附唐朝。咸亨元年（670）四月，吐蕃攻陷西域十八州，又联合于阗攻陷龟兹拔换城。高宗遂罢龟兹、于阗、焉耆、疏勒四镇，将安西都护府撤回西州。上元元年（674），唐朝一度收复四镇。仪凤三年（678）九月，唐朝李敬玄、刘审礼率十八万唐军进击吐蕃，但在青海一带惨败于吐蕃大将论钦陵之手，吐蕃顺势又攻陷了龟兹、疏勒等四镇。调露元年（679），唐将崔知辩击败吐蕃后又恢复了安西四镇。此时西突厥已被平定，唐朝势力延伸至葱岭以西，位于龟兹以东的焉耆已不能发挥掌控西域全境乃至中亚一带的作用，故唐安抚大使裴行俭平定西突厥贵族阿史那都支及其偏将李遮匐与吐蕃联兵侵犯安西之乱后，即命安西都护王方翼在碎叶水（今吉尔吉斯斯坦和哈萨克斯坦境内楚河）旁筑城置镇以代焉耆，从此安西四镇变为碎叶、龟兹、于阗、疏勒。以碎叶代焉耆，标志着唐朝在中亚设官置镇，显示中央政府的行政权力达于葱岭以西，直至今巴尔喀什湖以东以南地区，对于沟通和加强中原与中亚各国的经济、文化交流，起到了促进作用。同时碎叶水作为原来西突厥十姓部落的分界线，唐朝在此设置军镇，也能更好地统御西突厥治下各部落。

垂拱二年（686），武则天在平定徐敬业之乱后，以"务在仁不在广，务在养不在杀，将以息边鄙，休甲兵，行乎三皇五帝之事者也"[1]之名主动放弃安西四镇，吐蕃趁机占据。至长寿元年（692），武周武威军总管王孝杰率军击破吐蕃，收复四镇。在历经了安西四镇几度易手的教训后，唐政府遣军两万四千人常驻四镇，从此安西四镇的形势稳定下来。

圣历二年（699），突骑施汗国（属于西突厥别部）逐渐崛起，成为西域不可忽视的一股强大势力，而焉耆地处突骑施汗国通往吐蕃的必经之路，战略地位异常重要。为了防范吐蕃与突骑施联手，唐朝又开始着力经营焉耆。开元七年（719），"（焉耆王）龙嫩突死，焉吐拂延立。于是十姓可汗请居碎叶，安西节度使汤嘉惠表以焉耆备四镇。诏焉耆、龟兹、疏勒、于阗征西域贾，各食其征，由北道者轮台征之。讫天宝常朝贺"[2]。焉耆重新取代碎叶成为四镇之一。

天宝十四年（755），安史之乱爆发，唐朝开始由盛转衰。包括安西都护府守军在内的唐朝边军及西域各国军队都被大量调回内地参与平叛，导致西域边防空虚，吐蕃乘机大举进攻河西。至广德元年（763），吐蕃军队已尽陷兰、廓、河、鄯、洮、岷、秦、成、渭等州，占领了河西、陇右大部分地区。此后十余年间，又陆续夺去河西之凉、甘等州。吐蕃入寇，使安西都护府风雨飘摇，至贞元六年（790），吐蕃攻占北庭都护府，唐朝与安西彻底失去联络，包括焉耆在内的安西都护府已不复为唐朝所有。

---

[1]《旧唐书》卷190中《列传第140中·文苑中》，中华书局点校本，1975，第5023页。
[2]《新唐书》卷221上《列传第146·西域》，中华书局点校本，1975，第6230页。

四、尾声：
明珠之光终不绝

中唐以来，漠北草原的回纥汗国逐渐强大，并将势力延伸到西域地区。回纥属于铁勒分支，部落早期一直受突厥汗国控制。大业元年（605），突厥处罗可汗又杀害铁勒诸部首领数百人，于是回纥联合仆骨、同罗、拔野古等部落反抗，在反抗过程中，回纥日益壮大。贞观初年，回纥首领菩萨以五千骑兵击破东突厥颉利可汗十万骑兵，俘获突厥大批部众。贞观二年（628），薛延陀汗国建立并日益强盛，回纥一度依附于薛延陀汗国。贞观二十年（646），回纥配合唐军攻灭了薛延陀政权，其首领吐迷度自称可汗，并遣使入唐请求册封。唐以回纥部落所在地为瀚海都督府，封吐迷度为怀化大将军、瀚海都督，接受唐朝的管辖。天宝三年（744），回纥首领骨力裴罗乘后突厥汗国大乱之际，攻占了突厥故地，自立为骨咄禄阙毗伽可汗，置汗庭于乌德犍山（今蒙古国杭爱山），建立了回纥汗国政权，并遣使告唐，唐廷封其为怀仁可汗。天宝四年（745）正月春，回纥军队攻杀了后突厥的末代可汗——白眉可汗，彻底灭亡了后突厥汗国[①]。

统一漠北草原之后的回纥继续向西域扩张。贞元五年（789）至贞元八年（792），回纥汗国（后改称回鹘）与吐蕃王国在西域爆发战争，战后回鹘与吐蕃缔结了和约，瓜分了西域。整个天山东部，塔里木盆地以北，包括吐鲁番盆地归回鹘，塔里木盆地以南至河西走廊一线归吐蕃，焉耆也成为了回鹘的附属国。九世纪40年

---

① 林斡：《突厥与回纥史》，内蒙古人民出版社2007年版，第158-160页。

代,回鹘开始衰弱,发源于叶尼塞河流域的黠戛斯部落大败回鹘。战败后的回鹘被迫向西迁徙,其中一部分在首领叶护庞特勤的带领下辗转来到高昌,在会昌二年(842)又继续迁徙到了焉耆地区,焉耆逐渐成为西迁回鹘的政治中心。与焉耆历史历次被侵入不同的是,回鹘侵入同时还带来大量人口,迫使原来的焉耆王族——龙氏家族离开故地,分散迁徙到瓜州、沙州、伊州等地。到了宋朝,中原与西域几近隔绝,中原史籍对西域的了解已远远不如汉、唐,关于焉耆的记载更是寥寥,只知道此时焉耆盆地处于高昌回鹘的统治之下,并改名为唆里迷。

十三世纪初,蒙古汗国崛起,并通过多次西征逐步征服了整个西域。蒙古汗国在高昌回鹘故地设置别失八里行省(其故城遗址在今新疆维吾尔自治区昌吉回族自治州吉木萨尔县),唆里迷国也成为别失八里行省的一部分。"别失八里"为回鹘语,意为"五城",原是高昌回鹘的陪都。后来高昌回鹘投降了蒙古,元宪宗蒙哥在别失八里设置行省,唆里迷(焉耆)即归属别失八里管辖,为五城之一。元末明初,蒙古贵族建立东察合台汗国,定都别失八里,而唆里迷(焉耆)在明朝时更名为叉力失,处于东察合台汗国控制之下。明朝中后期西域叶尔羌汗国崛起,占据了别失八里原有之地。至隆庆四年(1570),叶尔羌汗国吞并东察合台汗国,其疆域极盛时东到嘉峪关,焉耆盆地也被纳入其势力范围。

明末清初,西蒙古准噶尔汗国噶尔丹崛起并灭亡了叶尔羌汗国,尽占其故地,焉耆盆地也成为准噶尔汗国领土的一部分,并在其地设置了两个鄂拓克(即千户)。当时准噶尔共有二十四鄂拓克,可见焉耆盆地的重要性。准噶尔统治下的叉力失开始名为哈尔沙喇,后又改名为喀喇沙尔,意为黑沙之城。

在噶尔丹入侵焉耆之前,焉耆"土宇宽广,著勒土斯山场回环千里，草肥水甘，多野牲，足资游牧；开都河水畅流，足资灌溉；以故人户繁盛。果木黍稷盘空被野，夙称富庶之邦。乃准噶尔持其强横，占据其地为牧场，回民不堪其扰，死绝逃亡，其地遂空虚"。乾隆二十二年（1757），清军灭亡准噶尔，喀喇沙尔也成为清朝领土的一部分，并领有汉代焉耆、危须两国地。乾隆二十三年（1758），清朝重建喀喇沙尔城。新的喀喇沙尔城高一丈三尺，周长二百五十四丈，东西各有城门二处。乾隆二十四年（1759），清朝在喀喇沙尔设办事大臣。

同治年间（1862—1875），西北回民动乱，其首领白彦虎以重兵屯在喀喇沙尔以拒清朝大军。在平定叛乱之后，清政府在喀喇沙尔开设善后局处理后续事宜。光绪八年（1882），清政府撤销焉耆办事大臣，改设喀喇沙尔直隶厅。光绪二十四年（1898），喀喇沙尔又重新更名为焉耆，并升为焉耆府。从办事大臣到直隶厅再到焉耆府，体现了清政府对焉耆地区日益重视，行政规格不断提高。

关于清末焉耆，史书记载其物产不多，缺少繁华市镇，各种杂货均由内地运来销售，本地土产仅供地方食用，很少有大帮运往境外销售。这与古代地处丝绸之路要冲，如明珠般夺目璀璨的焉耆国盛况形成了鲜明对比。应该说自南宋以来，随着海洋贸易的兴盛，丝绸之路的功能和地位已经被大幅削弱，焉耆也渐渐失去了往昔的地缘优势。新中国成立初期，焉耆曾是新疆巴音郭楞蒙古自治州的首府，1954年3月成立焉耆回族自治县后一直沿用至今。

附：

焉耆国王名称及在位时间（文献中可查）：

姓名	继位年份（公元纪年）	在位时间	对应的中原王朝年代
舜	58	30	东汉永平元年
忠	88	3	东汉章和二年
广	91	3	东汉永元三年
元孟	94	34	东汉永元六年
龙安	280	9	西晋太康元年
龙会	289	17	西晋太康十年
龙熙	306	39	西晋永兴三年
泥流	345	40	东晋永和元年
鸠尸卑那	385	63	东晋太元十年
唐和	448	1	北魏太平真君九年
车歇	449	48	北魏太平真君十年
麴嘉第二子	497	4	北魏太和二十一年
龙突骑支	605	40	隋大业元年
龙栗婆准	644	2	唐贞观十八年
龙薛婆阿那支	645	5	唐贞观十九年
龙先那准	649	1	唐贞观二十三年
龙突骑支	650	2	唐永徽元年
龙嫩突	651	68	唐永徽二年
龙焉吐拂延	719	25	唐开元七年
龙长安	737	8	唐开元二十五年
龙突骑施	745	21	唐天宝四年
龙如林	767	25	唐大历二年

参考文献

[1]（北齐）魏收：《魏书》卷102，北京：中华书局，1974。
[2]（汉）班固：《汉书》卷96，北京：中华书局，1964。
[3]（汉）司马迁：《史记》卷110，北京：中华书局，1959。
[4]（宋）范晔：《后汉书》卷88，北京：中华书局，1965。
[5]（晋）陈寿：《三国志》卷2，北京：中华书局，1959。
[6]（唐）房玄龄：《晋书》卷1，北京：中华书局，1974。
[7]（唐）房玄龄：《晋书》卷97，北京：中华书局，1974。
[8]（唐）李延寿：《北史》卷2，北京：中华书局，1974。
[9]（梁）沈约：《宋书》卷95，北京：中华书局，1965。
[10]（后晋）刘昫：《旧唐书》卷194，北京：中华书局，1975。
[11]（唐）魏征：《隋书》卷83，北京：中华书局，1997。
[12]（后晋）刘昫：《旧唐书》卷198，北京：中华书局，1975。
[13]（唐）玄奘著，董志翘译注：《大唐西域记》卷1，北京：中华书局，2012。
[14]（宋）司马光：《资治通鉴》卷194，北京：中华书局，2011。
[15]（宋）欧阳修：《新唐书》卷221，北京：中华书局，1975。
[16]（宋）司马光：《资治通鉴》卷195，北京：中华书局，2011。
[17]（宋）欧阳修：《新唐书》卷83，北京：中华书局，1975。
[18]（宋）欧阳修：《新唐书》卷40，北京：中华书局，1975。
[19]（宋）司马光：《资治通鉴》卷197，北京：中华书局，2011。
[20]（宋）司马光：《资治通鉴》卷199，北京：中华书局，2011。
[21]（后晋）刘昫：《旧唐书》卷190，北京：中华书局，1975。
[22]（宋）王钦若：《册府元龟》，北京：中华书局，1960。
[23]（清）固世衡：《回疆志载》，台北：成文出版社，1968。

# 四、拯唐启宋风云会——

沙陀族中原征战史

沙陀族起源于西突厥中的处月部，其早期部落活动地域，根据《新唐书》记载："处月居金娑山之阳，蒲类之东，有大碛，名沙陀，故号沙陀突厥云。"[①]金娑山即今新疆维吾尔自治区境内的博格达山，蒲类即蒲类海（今新疆维吾尔自治区东部巴里坤湖），因其境内有名为沙陀的大碛（即大沙漠），故以此为号。永徽五年（654），唐朝平定西突厥阿史那贺鲁叛乱之后，在处月部地域设置了金满、沙陀两个羁縻州，以其部落首领为都督，两个羁縻州隶属于北庭都护府统领。龙朔二年（662），唐将薛仁贵西征铁勒时沙陀部酋长朱邪金山曾率本部落协同作战，因功被授予讨击使之职。长安二年（702），朱邪金山再度从征有功，被唐廷授予金满州都督、张掖郡公。开元二年（714），朱邪金山入朝，不久后卒于长安，其子朱邪辅国嗣位，先后被唐玄宗授予左羽林卫大将军、永寿郡王，其母为西突厥五咄陆部贵族之女。朱邪辅国死后，其子骨咄支嗣位。骨咄支在位期间，唐朝爆发了安史之乱，沙陀部积极出兵协助唐军平叛，立下大功，唐玄宗特封其为特进、骁卫上将军。骨咄支死后，其子朱邪尽忠嗣位。

安史之乱后，唐朝逐渐走向衰弱，其安西四镇及北庭都护府相继被吐蕃攻陷。在唐朝与吐蕃争夺西域的拉锯战中，沙陀部落曾长期与唐北庭都护府共同抵御吐蕃的进犯。就在此时，兴起于漠北的回纥汗国也开始向北庭一带扩张。沙陀与回纥有着非常密切的联系，天宝年间，骨咄支曾担任回纥副都护。后世也有学者认为回纥是沙陀一族的祖先。贞元五年（789），吐蕃进攻北庭都护府时，朱邪尽忠曾劝动回纥忠贞可汗派兵救援，但终究未能挽救北庭陷落的命运。贞元六年（790），吐蕃攻陷北庭都护府，沙陀部也跟着投降

[①]《新唐书》卷218上《列传第143·沙陀》，中华书局点校本，1975，第6153页。

了吐蕃。《旧唐书》记载："北庭之人既苦回纥，是岁乃举城降于吐蕃，沙陀部落亦降焉。"①前后总计有七千余帐，三万余沙陀人投靠吐蕃。

由于沙陀骑兵强悍善战，吐蕃经常以其为前锋，攻扰唐朝边境，沙陀部众伤亡甚多。同时吐蕃又对沙陀部落十分忌惮防备，经常怀疑沙陀部与回纥及唐朝勾连。沙陀归降后，吐蕃便将其从处月故地迁移到了甘州（今甘肃省张掖市）。甘州地区是整个河西走廊水草最为丰美之地，素有"金张掖"之称。吐蕃担心沙陀族久居于此后势力壮大将难以控制，计划将沙陀全族迁至河外地区（今青海省玉树一带）。河外平均海拔高达四千五百米，乃是高原苦寒之所，只有贫瘠的高山苔原适宜放牧，如此安排，自然是要将沙陀一族逐步扼杀。为此，沙陀首领朱邪尽忠在和长子朱邪执宜商议之后，决心脱离吐蕃，回归唐朝。

元和三年（808），沙陀部落三万余人在首领朱邪尽忠带领下，踏上了东归唐朝之路。获悉沙陀东迁消息之后，吐蕃马上派骑兵衔尾穷追，蕃、沙两军在河西走廊近千里的地域内边走边打，前后交战四百余次，封堵、突围、阻击、突袭的场景每天都在上演，在血火中挣扎的沙陀人蹒跚着奔向东方。在迁徙过程中，朱邪尽忠被吐蕃追兵杀死，出发时的三万余众，此时还剩下不到万人，其中士兵仅剩两千余人。历经千辛万苦，朱邪执宜率残部到达唐朝灵州境内，投靠了唐灵武节度使范希朝。范希朝是当时的名将，为政清廉、治边有方，边境各族对其都非常敬畏。沙陀来归时，范希朝对其部众都进行了妥善安置，不仅为其购买了牛羊等畜产，还从太原调拨了钱粮衣物，颠沛许久的沙陀部落算是暂时安顿了下来。

---

① 《旧唐书》卷196上《列传第146上·吐蕃》，中华书局点校本，1975，第5257页。

元和五年（810），唐宪宗首召朱邪执宜入京朝觐，赐以金币袍马万计，并授特进、金吾卫将军。后因范希朝调任河东节度使，沙陀人随其迁往河东。范希朝挑选沙陀勇士一千二百余人组成"沙陀军"，其余部众被安置于定襄川（今山西省定襄县一带）。朱邪执宜则以神武川黄花堆（今山西省应县与山阴县一带）为根据地，其所部改称"阴山北沙陀"，为唐朝拱卫北部边疆。唐文宗开成年间，沙陀部多次随唐振武节度使刘沔打击党项部对振武（今内蒙古自治区和林格尔县）、陇西一带的侵扰。朱邪执宜死后，其子朱邪赤心嗣位，继续为唐朝效力。唐武宗时期，朱邪赤心多次率部配合唐军反击回纥、吐蕃、党项等入侵。咸通十年（869），因镇压庞勋起义有功，官拜单于大都护、振武军节度使、徐州观察使，赐名李国昌，加入了李唐宗籍。其子也因战功卓著，赐名李克用，受封为云中牙将。至此，沙陀一族开始在中原大地开启了一段风云激荡的岁月。

一、胡汉交融的风俗特点

（一）结义传统

沙陀军队以骑兵为主，战斗力非常强悍。在平定庞勋起义过程中，沙陀骑兵"左右突围，出入如飞，（庞军）大败，伏尸五十里，斩首二万余级"。陈寅恪先生曾点评说："沙陀殆以骑军见长，故当时中原无敌手也。"尽管能征善战，但沙陀民族毕竟人口稀少，要想在乱世中生存发展，就必须千方百计壮大自身力量。为此，沙陀民族一直延续着结义的习惯。

《新五代史》记载："（后）唐自号沙陀，起代北，其所与俱皆一时雄杰虓武之士，往往养以为儿，号'义儿军'，至其有天下，多用以成功业，及其亡也亦由焉。"①

结义风俗，属于游牧民族传统，由于草原上自然灾害和战争频繁，牧民经常在战乱中失去亲属和家人，这种环境导致了结拜"兄弟—父子"和收继婚姻传统。前者是男性成员之间互相结盟，弱者能够依托强者生存的处世之道。后者则是为了保证男性战死后，女性亲属有人保护，不至于成为孤儿寡母。说到结拜兄弟，当代最熟悉的可能要数铁木真和扎木合了，当然铁木真也曾经将克烈部王汗奉为义父。再往前追溯，西晋时期幽州刺史鲜卑段匹磾为拉拢并州刺史刘琨，与其相约结拜为兄弟。最典型的还有安禄山将杨贵妃和唐玄宗认为母亲和父亲的政治表演。

到了隋唐五代时期，这类养父子互认的情况就更多了，各方诸侯帐下都有一帮胡族或者汉族的勇士作为养子，从后唐的藩汉马步都校、藩汉总管等头衔就可见一斑。收养义子已经成为当权者扶植亲信力量的一种手段，如安禄山养同罗、奚、契丹壮士八千人为义子，史称"八千曳落河"（曳落河为少数民族语，即壮士）。及至唐末，藩镇节度使几乎都有数量不等的义儿养子，像李克用也收养了不少义儿，史书记载有一百多人，其多以"嗣"字或"存"字排序，小说中有十三太保，《新五代史》中明确记载就有李嗣昭、李嗣本、李嗣恩、李存信、李存孝、李存进、李存璋等，李嗣源和李存审因单独有传而未被列入其中。这些养子义儿们各自统率精兵，如李嗣恩，初为铁林军小校，后任突阵指挥使、左厢马军都将；李嗣本，初为义儿军使，后任威远、宁塞军使、代州刺史；李嗣源，任横冲都军使；李存信，官至蕃汉马步都校；等等。义儿一旦被赐予姓名，便有了父子之义、"骨肉之恩"，这种建立在血缘宗法关系

---

① 《新五代史》卷36《义儿传第二十四》，中华书局点校本，1974，第358页。

基础上的社会单位和军事组织在一定历史条件下,其稳定性和战斗力都是相当强大的。李克用诸养子中,除李存孝反叛之外,其余都对他忠心耿耿。① 李克用之后的沙陀系君主们,也是以这些义子、义兄弟为班底,组建了"从马直""义儿军"等精兵,这些人构成了日后五代诸王朝的军事基础乃至政权班底。

五代历史中,曾产生过"一军之中出五帝"的有趣现象。在梁、晋(此晋为后唐的前身,一般称为前晋,以区别于石敬瑭建立的后晋)争霸的战斗中,前晋军中有五名将领,日后都成为了皇帝。

《廿二史札记》记载:

唐庄宗为晋王时,与梁军距于河上,垂十年。时李嗣源为大将,庄宗与之谋取郓州,嗣源请独当之,乃以骑五千袭取郓。梁军破德胜南栅,庄宗悉军救之,嗣源为先锋,击破梁军。是明宗在军中也。嗣源子从珂,尝从战于河上,屡立战功,庄宗呼其小字曰:"阿三不独与我同年,其敢战亦类我。"胡柳之战,又从庄宗夺土山,军势复振。是废帝亦在军中也。是时,嗣源婿石敬瑭,常在嗣源帐下,号左射军。梁将刘鄩急攻清平,庄宗驰救,为鄩所围,敬瑭以十数骑横槊驰取之,庄宗拊其背而壮之。又从庄宗击败梁将戴思远于德胜渡。是晋祖亦在军中也。而刘知远(汉高祖)时方为敬瑭裨校,德胜对栅时,敬瑭为梁人所袭,马甲断,知远辄骑以授之,自跨断甲者殿而归。是汉祖亦在军中也。计是时唐庄宗、明宗、废帝、晋高祖、汉高祖皆在行间,一军共有五帝,此古来未有之奇也。②

对于武士君王并不多出的古代中国,这堪称奇观。虽然这种义兄弟的结构能够在激烈的战争环境下让沙陀人互相照应,但这样一群"兄弟"之间难免会攀比较劲,一旦有人脱颖而出、扶摇直上,

---

① 樊文礼:《沙陀往事·从西域到中原的沉浮》,山西人民出版社2023年版,第67-68页。
② (清)赵翼撰,董文武注译:《廿二史札记》,中华书局2008年版,第255页。

其他人未尝不会有羡慕乃至嫉恨之心，最终引发内讧。终后唐一代，宗室、藩镇叛乱不止，多少有这方面的因素。

（二）折箭为誓

中学课本中曾有篇课文叫作《伶官传序》，里面提到晋王李克用在临死之前，将三支箭（分别象征契丹、桀燕、后梁三大仇敌）交给其子李存勖，让他牢牢记住父亲的仇人。用箭来表示仇敌或者先辈的遗训，也是亚欧大陆草原民族常见的习俗，类似故事还有吐谷浑汗国的可汗阿豺在死前以折箭的方式教育子孙团结。至于更古老的斯基泰人，则用四支箭和鱼、兔、鼠等物品构成的书信威胁波斯王大流士，暗示如果波斯人不能上天入地，那就等着被斯基泰人用利箭射死吧。

具体到沙陀人所属的突厥系民族中，箭往往象征着权威、权力和团结，比如西突厥分其国为十部，每部赐箭一支，十部号称"十箭"。此后李存勖每次出征都要先请出三支箭，将三个仇敌逐一打败之后，再还箭于太庙以告战功。进入中原之后，沙陀民族虽然还保留着折箭为誓这样的草原习俗，但也在慢慢接受汉族文化环境的影响。李克用执掌一方藩镇以后，不仅倚仗沙陀族的子侄武将，对于汉族士大夫也非常重视和优待，史称唐末"丧乱之后，衣冠多逃难汾、晋间"，太原一时成为文人云集之地，李克用开辟基业，李存勖建国称帝，皆得力于李袭吉、卢质、王缄等众多汉族文臣襄助。

二、南征北讨的赫赫军功

（一）善于远程奔袭作战

沙陀骑兵善于远程奔袭作战，经常在具体战斗中直接袭击对方的将领或捣毁敌人的指挥中枢。最成功的一次,便是由李嗣源、郭崇韬提出的以精骑直取梁都的计划。

据《资治通鉴》记载:

王彦章、张汉杰以禁军攻郓州,段凝、杜晏球以大军当陛下,决以十月大举。臣窃观梁兵聚则不少,分则不多。愿陛下养勇蓄力以待其分兵,帅精骑五千自郓州直抵大梁,擒其伪主,旬月之间,天下定矣。①

按照这个计划,龙德三年(923)十月初二,李存勖亲率后唐四万精锐步骑自杨刘(今山东省东阿县杨刘镇杨柳村)渡河南下。初三,后唐军进至郓州(今山东省郓城县),以李嗣源为前锋,当夜便越过了汶水(今山东省大汶河)。次日晨,后唐军与后梁军相遇,一战而胜,攻克中都县(今山东省汶上县),擒获梁军主将王彦章等。获胜之后,李存勖采纳了李嗣源急趋汴州的建议,命其率五千骑兵连夜出发,自率主力继后。初七,后唐军进至曹州(今山东省曹县西北),后梁守将不战而降,梁主朱友贞闻讯十分恐慌,在外无援军、内乏实力的情况下自尽。初九,李嗣源所部、李存勖后军相继进入大梁。十二日,后梁军主帅段凝闻知大梁危急,率军自滑州回救,到封丘时知大梁失陷,随即向唐军投降,后梁宣告灭亡。

后唐之后的沙陀骑兵也打出过类似的战例。开运二年(945)的阳城之战,契丹以数量庞大的骑兵包围了后晋军队,但后晋将领符彦卿还是借着夜色和风沙掩护,带领精锐部队直扑契丹皇帝耶律德光的大帐。慌乱之中耶律德光不知后晋军队的虚实,只能孤身骑着骆驼逃命。此战契丹军大败,后晋沿途拾获契丹兵器甲胄、旗仗数以万计。纵观沙陀骑兵的征战史,基本上没有在重围之下一触即

---

① 《资治通鉴》第19册《卷272·后唐纪1》,中华书局2011年版,第8879页。

溃的现象，这也和后世宋军在对外战争中经常一溃千里的表现形成了鲜明反差。

（二）精于骑射勇悍善战

骑射是沙陀民族的传统艺能，比如在开平四年（910）的柏乡之战中，沙陀骑兵精于骑射的特点就发挥得淋漓尽致。此战中，前晋以沙陀骑射手环绕梁军营地放箭，将后梁军堵在大营中，时间一久后梁军粮草消耗殆尽，不得不用草席和茅草棚喂马，战马吃了干草病死很多，让后梁军士气更加低落。最后前晋军又以骑兵直逼后梁军大营，逼迫饥肠辘辘并且失去战马的后梁军出战，最后成功击溃了后梁军。

除了骑射，沙陀军队还具有出色的格杀突击技能，这也得益于其优良的装备。据记载，在兵器方面，除了矛槊之外，沙陀军尤其喜欢使用槌或者挝等打击类武器来击破敌军的重甲，相比擅长弓矢但是拙于剑戟的契丹人，以及缺乏优良铠甲只能大量使用皮甲和骨质箭头，持久近战能力不强的室韦人，沙陀军的配置更利于近身搏杀。同时，由于和粟特裔的萨葛、安庆等粟特人部落融合（后世一般称沙陀、萨葛、安庆为"沙陀三部落"，像朱邪赤心在镇压庞勋之战中职务便是太原行营招讨使、沙陀三部落军使），后者发达的手工业也为沙陀军队提供了良好的护甲。像前晋军名将李存孝每次迎战强敌，都要身披重甲，手持长槊或者铁锤类的打击型武器，带着最精锐的亲信出入敌阵，斩杀对方的将领。比如在泽州之战中，面对来到城下的梁军，李存孝带领五百精锐骑兵出阵，并高呼"我们这些无家可归的沙陀人，等着吃你们的肉当军粮，快让你们中的胖子出来领死"。随后，李存孝亲自挺槊冲锋，斩杀了后梁将领邓季筠。

又如柏乡之战，战前梁军集结了八万兵马，而前晋军只有步骑二万余，双方力量对比悬殊。晋王李存勖担心晋军怯战，便在阵前向李嗣源赐酒，故意用手指梁军说道："梁军不愧为天下精锐，真令人胆战心惊啊。"李嗣源立即领会了晋王意图，大笑着饮掉了杯中酒，高呼道："汴梁精兵、徒有虚名，我为大王破之！"而后挺身上马，身背硬弓，带着百余沙陀重装骑兵突入后梁军中，虽然梁军箭矢如雨而下，但有重甲保护的晋军骑兵不曾有丝毫损失，一个急进急出的突袭，顿时打了梁军一个措手不及，生擒了梁军白马都骑校两员，前晋军将士顿时战意昂扬、士气大振。此战，晋军斩首二万级，缴获马三千匹，后梁军精锐尽丧，大伤元气。

天福八年（943），契丹军队大举南侵，后晋少帝石重贵率兵至澶州（今河南省濮阳市）与契丹军隔黄河对峙。在后来的激战中，后晋骁将药元福故意将契丹军引到自己所在的阵型位置，然后和另一猛将慕容邺各自带领二百精骑从侧后杀入契丹阵中，将契丹骑兵砸得血肉横飞。到了后晋时代，由于契丹已经统一了草原并占有幽云十六州，后晋军队已经暴露出马匹短缺问题，出现了"发使于诸道州府，括取公私之马"的情况，但沙陀骑兵依旧保持着一定战斗力。开运三年（946）的灵州战斗中，缺乏骑兵的后晋军队遭到了大队党项骑兵的包围，补给线和水源都已被敌军切断。但是药元福发现敌人骑兵数目虽多但是质量较差，不耐久战，于是亲自率领少数精锐骑兵杀入敌阵，最终反败为胜。

最精彩的还要数贞明三年（917）爆发的幽州之战。此战，辽太祖耶律阿保机亲率十余万骑兵包围了前晋重镇幽州，而前晋的大部分军队此时都在南线与后梁军队对峙，李存勖一时也无法抽调太多兵力去解幽州之围。为此，他征询诸将意见，李嗣源、李存审、阎宝等前晋大将都主张立刻救援。经过深思熟虑，李存勖采纳了诸将意见，咬紧牙关开始调兵救援幽州。为了救援幽州，李存勖派大将李存审、李嗣源等率军七万北上解幽州之围,他本人则坐镇黄河一线,继续指挥剩余军队与后梁周旋。

事实上,这一决定确实有着很大风险。虽然史书记载前晋此次一共派军七万北上,但实际上投入作战的前晋军队不会超过三万,因为前晋举国之兵也不过十二万左右,在两线作战同时还要分散兵力驻守其他重要军镇的情况下,三万人已经是前晋此时能够出动的最大兵力了。援军出发后,李存审、李嗣源带领三千骑兵作为前锋为全军开路。为防止在平原地带被契丹骑兵突袭,晋军特意选取难走的山路,沿着山涧赶赴幽州。晋军一路在山涧下行军,而契丹人则占据山头等高处,双方都无法直接攻击对方。

当晋军走出山区时,契丹已经聚集了万余骑兵守在了山口。面对强敌,刚刚结束漫长行军的晋军士兵非常害怕,士气不断下降。危急时刻,作为先锋军指挥官的李嗣源脱掉头盔带领一百多骑兵冲到阵前,挥舞着马鞭吸引契丹军队的注意力,用契丹语大声喝道:"汝无故犯我疆场,晋王命我将百万众直抵西楼,灭汝种族!"[1]

随后这一百多沙陀精骑直扑契丹军阵,经过一番较量后打退了契丹军的拦截,大军随后跟进,一路俘虏和斩杀了大量契丹兵。随后,晋军在前往幽州城途中又遇到更多契丹骑兵。面对蜂拥而至的契丹骑兵,救援军没有慌乱,李存审和李嗣源随即命令士兵将手中的鹿角和拒马堆积成坚固的"鹿角阵",阻挡契丹骑兵对军阵的冲击,然后又让士兵们取下挂在腰间的弓箭和强弩,对环绕营寨射箭的契丹骑射手不断射击,一时间双方万箭齐发,箭矢遮云蔽日,结果令人大跌眼镜的是,以骑射手为主的契丹军队竟然在弓弩互射中不敌晋军,据《资治通鉴》记载:"契丹骑环寨而过,寨中发万弩

---

[1]《资治通鉴》第18册《卷270·后梁纪5》,中华书局2011年版,第8816页。

射之,流矢蔽日,契丹人马死伤塞路。"①这是因为骑兵无法像步兵那样组成紧密的弓箭阵地,并且骑射手所用的弓箭也多为体型较小,长度仅有1.5米左右的骑弓,其弓力、威力和射程均小于步弓(长1.8米左右)和强弩,因此在互射中,契丹骑兵大败,损失惨重却又冲不开救援军的"营寨"。而当契丹军队人仰马翻之际,晋军顺势发动反击,将契丹人打得大败亏输。此战中前晋军俘虏和阵斩的敌人数以万计,通往幽州的道路上堆满了契丹遗弃的辎重车辆、马匹牛羊、武器铠甲,此后前晋军又多次击败契丹的袭扰,最终顺利解除了幽州之围,而契丹的第一次南下作战也以失败告终。

(三)临危不乱屡屡翻盘

身处五代乱世的沙陀精兵不仅能正面击败敌军,在遇到突然袭击之时,也能凭着高超的战术素养和格斗技能逆风翻盘。比如镇压庞勋起义时,埋伏于涣水河畔的起义军趁唐军渡河时突然杀出,一度包围了唐军主帅康承训。眼看起义军胜利在望,五百余名沙陀骑兵奋勇冲锋,他们挥舞着铁锤,在起义军中杀出一条血路,最后不但救出了主帅,也击退了起义军。之后起义军试图再次夜袭包围唐军,结果又遭到沙陀骑兵反击,不能承受如此高强度作战的起义军很快被沙陀骑兵击溃。随后,唐军以沙陀骑兵为核心突击力量,一路势如破竹,最终消灭了庞勋起义军。

在沙陀李家和朱温结下梁子的五代版鸿门宴上,沙陀义子卫队在朱温精心布局的暗杀现场拼死护主,保护主公逃出生天,也在当时传为佳话。中和四年(884)五月,李克用率沙陀骑兵追击黄巢后,路过汴州之时受到了朱温的热情款待。朱温在上源驿设下酒

---

① 《资治通鉴》第18册《卷270·后梁纪5》,中华书局2011年版,第8817页。

宴，岂料酒酣之际，朱温突然发难，率军进攻醉酒的李克用一行。危急之中，侍从郭景铢扑灭住宅中的烛火，扶着李克用躲到床下，然后以冷水浇脸为他醒酒，最后清醒过来的李克用乘着天降大雨之际，冲出了重重包围，一路突破汴河桥上的守军防线，从尉氏门（汴州南门）放下绳索，缒城得出，亲兵史敬思和监军陈景思等数百人因为断后，而在城里力战身亡。

三、内外消磨下的黄昏时代

既然战斗力如此强悍，那么这个群体是如何衰落的呢？首先还是沙陀贵族对于军事实力过分看重，不少拥兵一方的大将认为只要兵强马壮就可以成为天子，像石敬瑭、安重荣都是这类人物，这也导致了沙陀集团内部不断内耗。特别是后来石敬瑭引诱契丹人南下，并献出了幽云十六州，不仅为后来的中原王朝防御契丹制造了巨大困难，也加速了沙陀系将领间的内部矛盾，安重荣、安从进乃至石重贵先后起兵反抗契丹统治。郭威代汉建立后周导致一个小的沙陀政权（北汉）分离出五代王朝，并长期和后周、北宋对抗，大量善战之士长期自相残杀，也加速了沙陀自身力量的分流与衰退。

再者是后周及北宋开展的一系列军事改革，从制度上宣告了沙陀骑兵的没落。后周建立之初，沙陀三王朝时期留下的侍卫亲军仍是禁军的主体，父死子继、兄终弟及的沙陀游牧部落兵制传统还在深深影响着禁军部队，五代禁军似乎已经和南北朝的军户无异。这支尾大不掉的侍卫亲军在五代政局中翻云覆雨，也令周太祖郭威心存芥蒂。为此，他以李重进为殿前都指挥使，建立了新型的"殿前军"，以打破侍卫亲军在中央禁军中一家独大的局面。在后来的高平之战中，曾经不可一世的侍卫亲军一触即溃，导致周世宗柴荣下定决心实施改革,他着眼于加强殿前军的实力,意在彻底压制流淌着沙陀血脉的侍卫亲军。到了北宋,虽然很多历经五代时期历经血雨腥风的沙陀系胡汉将领继续得到重用,但是北宋崇文抑武的时代大潮已经决定了沙陀系骑兵的末路,即使在雍熙北伐中,少数还保留着五代遗风的骑兵表现出了极强素养,但终究还是受到大环境的拖累而不断损耗。

发源自"沙陀—北汉"系禁卫军的两代杨家将,就是这一过程的亲历者。虽然杨业是出身北汉政权的汉人将领,但是其出生于少数民族杂居的代北,从小能骑善射、坚忍善战,颇有沙陀遗风。太平兴国五年(980)三月,辽国十万大军入寇雁门关。面对强敌,杨业以数百精锐骑兵从山间谷地隐蔽穿行到雁门关以北,然后突然出现在辽军后方,与雁门关守军前后夹击,大败辽军。到了杨延昭之时,史载其行军用兵风格酷似乃父。在实战中往往是先以小部分精锐诱敌深入,且战且退,然后突然发动反击一举击败对手。

据《宋史》记载:"延昭伏锐兵于羊山西,自北掩击,且战且退。及山西,伏发,契丹众大败,获其将,函首以献。"[①]

值得一提的是,沙陀系君主们还有一个常见爱好,就是喜欢戏剧,宠幸伶人。比如石重贵公开表示看《春秋》不是其家族传统,还是看戏更符合他们的口味。在重武轻文的五代时期,一些有见识的伶人也会趁机讽谏君主,规劝他们的一些狂悖行为。如今这些沙陀英雄也已经成为了史书和戏曲中的人物,他们的光辉形象和沙陀民族曾经开创的辉煌时代,将永远被人们传唱和赞誉。

---

① 《宋史》卷270《列传第31》,中华书局点校本,1977,第9307页。

附：

后唐对外战争纪表：

时间	战争	交战方	结果
公元907年	潞州之战	后梁	梁军几乎被全歼
公元908年	三垂冈之战	后梁	梁军伤亡过万
公元909年	晋州之战	后梁	—
公元910年	柏乡之战	后梁	梁军精锐损失惨重
公元911年	幽州之战	后梁、桀燕	梁军救援失败，燕帝刘守光被俘，燕亡
公元915年	魏州之战	后梁	梁军七万兵马几乎全部被歼
公元916年	晋阳之战	后梁	—
公元918年	胡柳陂之战	后梁	梁军伤亡近三万，唐军伤亡惨重无力再攻汴州
公元919年	德胜城之战	后梁	梁军伤亡近千人，唐军固守德胜南城
公元920年	同州之战	后梁	—
公元921年	望都之战	契丹	契丹军伤亡数千，镇州叛乱被平定
公元922年	镇州之战	后梁	—
公元922年	卫州之战	后梁	—
公元923年	郓州之战	后梁	—
公元923年	杨刘之战	后梁	梁军伤亡过万，唐军保住南进重镇杨刘
公元923年	后唐灭后梁之战	后梁	梁军不战而降，梁帝朱友贞自杀，梁亡
公元925年	后唐灭前蜀之战	前蜀	蜀军不战而降，蜀帝王衍出降，蜀亡
公元929年	定州之战	北平、契丹	北平军献定州城降，王都自焚，北平国亡
公元930年	后唐攻两川之战	董璋、孟知祥	唐军攻两川失败，两川割据成为现实
公元936年	后晋灭后唐之战	后晋、契丹	唐军不战而降，末帝李从珂自焚，唐亡

后唐帝国世袭表：

庙号	谥号	姓名	在世时间	与前者关系	备注
懿祖	昭烈皇帝（追谥）	朱邪执宜	？—835年	—	唐朝蔚州刺史
献祖	文皇帝（追谥）	朱邪赤心（李国昌）	？—887年	父子	唐朝振武、代北节度使
太祖	武皇帝（追谥）	李克用	856—908年	父子	唐朝河东节度使、晋王
庄宗	光圣神闵孝皇帝	李存勖	885—926年	父子	唐朝河东节度使、晋王，后唐开国皇帝
明宗	圣德和武钦孝皇帝	李亶（李嗣源）	867—933年	义兄弟	（李克用义子）
—	闵皇帝	李从厚	914—934年	父子	—
—	末帝	李从珂	885—936年	义兄弟	（李嗣源养子）

参考文献

[1]（宋）欧阳修：《新唐书》卷218，北京：中华书局，1975。

[2]（后晋）刘昫：《旧唐书》卷196，北京：中华书局，1975。

[3]（宋）欧阳修：《新五代史》卷36，北京：中华书局，1974。

[4] 樊文礼：《沙陀往事：从西域到中原的沉浮》，太原：山西人民出版社，2023。

[5]（清）赵翼撰，董文武注译：《廿二史札记》，北京：中华书局，2008。

[6]（宋）司马光：《资治通鉴》卷272，北京：中华书局，2011。

[7]（宋）司马光：《资治通鉴》卷270，北京：中华书局，2011。

[8]（宋）薛居正：《旧五代史》卷25～26，北京：中华书局，1976。

[9]（宋）薛居正：《旧五代史》卷27～34，北京：中华书局，1976。

[10]（宋）薛居正：《旧五代史》卷35～44，北京：中华书局，1976。

[11]（宋）薛居正：《旧五代史》卷53，北京：中华书局，1976。

[12]（宋）薛居正:《旧五代史》卷56，北京：中华书局，1976。
[13]（宋）欧阳修:《新五代史》卷4～5，北京：中华书局，1974。
[14]（宋）欧阳修:《新五代史》卷6，北京：中华书局，1974。
[15]（元）脱脱:《宋史》卷272，北京：中华书局，1977。

五、贺兰黄沙肇雄图——
辽与西夏之战小记

北宋宝元元年（1038）十月，西北党项族首领，北宋定难军节度使、西平王李元昊在完成了易风俗、治礼仪、定官制、修文字等一系列准备之后，正式建国称帝，定国号"大夏"、史称"西夏"。中华大地上原本北宋和辽国南北对峙的局面也转变成了宋、辽、夏三足鼎立格局。在党项民族从兴起至建国的漫长时间内，其与北宋王朝之间长期处于战争状态，西夏政权要想生存、壮大，就必须与辽国保持友好关系。为此从李元昊祖父李继迁开始，便求娶了辽国宗室之女，两家结为姻亲。其父李德明继位后又为元昊向辽圣宗请婚。天圣九年（1031）十二月，辽兴宗将姐姐兴平公主嫁给李元昊，但李元昊与兴平公主一直感情不睦。辽、夏双方也常因辽国边境上的党项部族叛逃等问题产生纠纷，伴随着李元昊称帝，两国之间的裂痕越来越大，最终不可避免地爆发了战争。

一、暗潮涌动：辽夏双方的战争准备

在宋、辽、夏三强并立的时代，以辽国疆域最为辽阔，军事实力也最为强大。辽朝全盛时期，疆域东北至库页岛，北至今蒙古国中部的色楞格河、石勒喀河一带，西到阿尔泰山，南至河北省霸州、涿州和山西省代县雁门关一带。《辽史》记载："（其疆域）总京五，府六，州、军、城百五十有六，县二百有九，部族五十有二，属国六十。东至于海，西至金山，暨于流沙，北至胪河，南至白沟，幅员万里。"[①]特别是澶渊之盟后，辽国南方边界已基本稳固。军事方面，辽朝平时保持二十万左右的军队，战时倾国动员可达百万人。《辽史》记载："二帐、十二宫一府、五京，有兵

---

① 《辽史》卷37《志第7·地理志一》，中华书局点校本，1974，第437页。

一百六十四万二千八百。"①

辽军编制分为宫帐军、部族军、京州军和属国军。其中宫帐军是直属皇帝的军队力量,由隶属于辽朝帝后、亲王的斡鲁朵下属称为着帐户的部族民户所组成,任务为值宿宫禁和对外征战。宫帐军最初由耶律阿保机设立,设立之初其兵员均为契丹贵族子弟,专门负责保护耶律阿保机的人身安全,并跟随他外出征伐。统和四年(986)五月,辽圣宗命萧排亚率领弘义宫兵、南北皮室、郎君、拽剌四军到山西攻打宋兵,这是有明文记载宫帐军最早出征的情况。圣宗朝以后,宫帐军出征已成定制。至辽朝末期,单是宫帐军就有十万骑军。部族军由契丹人以外的部族壮丁组成,职责是守卫四方。辽朝建国后,部族可分为辽内四部族、太祖十八部、圣宗三十四部,辽国外十部,部族军的征集范围是太祖十八部和圣宗三十四部。以上两种队伍是辽军的主力。京州军,又称五州乡军,是征集五京道各州县的汉人和原渤海国人中的壮丁组成。属国军,由辽朝臣属国壮丁组成。后两军为辅助兵力。

为保障兵员数量,辽朝规定"凡民年十五以上,五十以下,隶兵籍"②。辽朝几乎全民皆兵,并且自备兵器、战马。辽军以骑兵为主,其主要兵器是刀矛和弓箭,后来从中原地区引入抛石机后专门编制有炮手部队。为了保持军队战斗力,辽朝战时不提供粮草,而是任由骑兵以牧马为名,到周边国家、部落去抢掠财物,名曰"打草谷"。在得到幽云十六州等农耕地区之后,辽朝统治者也鼓励军队开展屯田以供给军需。

---

① 《辽史》卷36《志第6·兵卫志下》,中华书局点校本,1974,第433页。
② 《辽史》卷34《志第4·兵卫志上》,中华书局点校本,1974,第397页。

作为游牧民族，契丹人的畜牧业十分发达。其境内从阴山以北至胪朐河，从土河、潢水至挞鲁河、额尔古纳河流域，历来是水草丰美的牧场。其统治下的阻卜、乌古、敌猎、回鹘等部族盛产羊、马，不但为辽国广大人民提供了生产生活的重要保障，也为辽军骑兵提供了优良的战马。《辽史》记载："契丹旧俗，其富以马，其强以兵。纵马于野，驰兵于民。马逐水草，人仰湩酪，挽强射生，以给日用。"[①]同时，辽国在灭亡渤海国后，吞并了盛产铁矿的辽东地区，直接推动了冶铁等手工业长足发展。从辽墓出土的铁器看，铁的应用已相当广泛。辽中京（今内蒙古自治区宁城西）有蕃户百户，编荆篱，锻铁为兵器；东京道河州（今吉林省中西部）有军器坊、显州（今辽宁省北镇西）设甲坊，制造兵器。依赖于发达的冶铁业，其盔甲、兵器、马具等都能自产自足，辽军士兵装备的盔甲模仿自唐宋札甲，兵器有"弓四，箭四百，长短枪、骨朵、斧钺、小旗、锤锥、火刀等等"[②]，可谓装备精良。

虽然国土面积和军事实力超过北宋，但在人口规模、经济体量等方面，辽国还是无法与北宋相比。为此，辽国积极鼓动扶植西夏频繁骚扰北宋边境，从而将大批精锐宋军牵制于西北方向，迫使北宋无法全力经营北方。而辽国自身在宋、夏之间纵横捭阖，在三方政治架构中占据了主导地位。但李元昊建国称帝打破了这种战略局面。站在西夏角度，只要与北宋的战争绵延下去，其控制下的河西走廊贸易之路就无法真正畅通。那些来自西域诸国的商队更愿意从辽国控制下的可敦城（今蒙古国布尔干省青托罗盖古城）或云州进入中原。这对于北宋和西夏来说自然不是理想局面，但北宋毕竟家大业大，有着众多出海口岸可以延续海上丝绸之路，而西夏只能在

---

① 《辽史》卷59《志第28·食货志下》，中华书局点校本，1974，第923页。
② 《辽史》卷34《志第4·兵卫志上》，中华书局点校本，1974，第397页。

内外交困中持续衰弱。为此,从庆历三年(1043)正月起,宋、夏双方通过一年多的拉锯谈判,围绕岁赐、割地、不称臣、弛盐禁、至京市易、自立年号、更兀卒称为吾祖等十一个问题反复讨价还价,最终宋朝以每年赐予西夏绢十五万匹、银七万两、茶三万斤,并重开保安军(今陕西省志丹县)、高平寨(今宁夏回族自治区固原市北曹洼古城)等沿边榷场贸易为代价,换取李元昊取消帝号而以西夏国主名义向北宋称臣。在西夏"给面子"、宋朝"贴里子"的情况下,两国终于达成了协议。

宋、夏媾和,撬动了辽国主导下的东亚地缘政治体系。为此,辽国很快就发动了针对西夏的贸易战,除了普通生活物资之外,严禁马匹、铁器、铜矿等军事物资进入西夏,并开始为对西夏用兵寻找各种借口。前文提到,兴平公主嫁给李元昊之后双方始终感情不睦。后来兴平公主病重,元昊依然对公主不闻不问,致其忧郁而死。辽兴宗得悉消息后,立即派遣使者手持诏书前往西夏问罪,岂料使者反遭元昊羞辱,这对辽国来说无疑是大逆不道的僭越行为。同时,由于境内人口稀少,李元昊常常策动辽国境内的党项部落叛逃到西夏。当辽兴宗派遣使者去索还这些部落时,又被元昊态度傲慢地拒绝。到了这步,双方战争已是箭在弦上、一触即发。讽刺的是,在辽、夏开打之前,两国均从北宋占了更多便宜。辽国逼迫北宋在澶渊之盟基础上每年多交纳十万两白银和十万匹丝织品,史称"庆历增币"。西夏也要求北宋增加岁赐数量,暂时不愿意搅和辽夏纷争的北宋只能顺水推舟地奉上更多白银、丝绸和茶叶,甚至史无前例地承认了李元昊的皇帝身份。在确保北宋袖手旁观之后,西夏和辽国都已为开战做好了全部准备。

二、致命的沙尘暴：第一次贺兰山之战

（一）辽国攻略计划

庆历四年（1044）五月，辽国西南面招讨都监罗汉奴率军讨伐叛辽的山南党项部落，以此敲山震虎警告西夏。西夏不甘示弱，出兵还击大败辽兵，辽国招讨使萧普达、四捷军详稳张佛奴等将领战死。辽兴宗大怒，下诏诸路兵马会聚于辽夏边境决意亲征西夏。

当年十月，辽兴宗以皇太弟、天齐王耶律重元为马步军大元帅，率骑兵七千人为南路军；北院枢密使、韩国王萧惠率兵六万为北路军；亲率十万中军出金肃城（今内蒙古自治区鄂尔多斯市达拉特旗马场壕乡），赵王萧孝友率师为后应，三路军马合计十多万大军，浩浩荡荡压向西夏。此次西征，辽军主力是萧惠率领的北路军。该路军以幽州为基地集结出发，其军队构成中不仅有精锐的禁卫鹰军（辽代军队名号，《辽史·国语解》有记载：鹰，鸷鸟，以之名军，取捷速之义。后记龙军、虎军、铁鹞军者，皆取其义），还有幽州当地的汉人和奚人提供的骑兵、步兵与辎重车队。北路军准备从北面直接攻打贺兰山，进而威逼西夏首都兴庆府。皇弟耶律重元率领的南路军作为偏师，计划在横渡黄河后扫荡河套地区，并牵制当地西夏守军，使其不能及时救援贺兰山战场。辽兴宗本人则跟随中路军稳步推进，中路军中不仅有数万名契丹近卫骑兵部队，还有不少辽东地区的渤海人与女真人组成的仆从军。

战事一发，三路辽军迅速渡河，长驱直入四百余里。作为进攻一方，辽军希望以最快速度攻克西夏首都兴庆府，对西夏进行釜底抽薪式的斩首战术。为此，除了进行袭扰作战的南路军外，中路军和北路军都直接向贺兰山区挺进。但为了打乱西夏防御部署，作为

主力的北路军特意迂回到贺兰山以北进攻，中路军则准备穿过河套地区后从东面进攻。这样一来，无论西夏将主力军队放置在哪个方向，都会面临顾此失彼的问题。

（二）西夏防御布局

从排兵布阵看，辽国此次西征兼顾了各个方向，若是面对北宋这样墨守成规、行动迟缓的对手，可能会非常有效。但实战经验丰富的李元昊显然不会被辽军牵着鼻子走。西夏地处战略要冲，周边强邻环伺，早已构建了一套机动灵活的防御体系。从地理上看，西夏拥有三方面的天然优势。首先是天险贺兰山脉拱卫着首都兴庆府。辽军主力想从这里突破非常困难。无论是步兵方阵还是骑兵队列，一旦进入贺兰山区后就难以从容展开，缓慢薄弱的后勤辎重也很容易被防守方截断。其次就是流经大半个西夏边境的黄河，这道天堑不仅在东南方向上保护着首都，也在客观上阻挡了辽军的推进。最后是西夏国内大量沙漠化的地貌环境，这无疑是任何入侵者的梦魇。

在军事制度上，党项人作为游牧民族，其特点非常鲜明。

首先是全民皆兵。《宋史》记载：“（西夏）其民一家号为一帐，男年登十五为丁，率二丁取正军一人。每负赡一人为一抄，负赡者，随军杂役也。”[1]"抄"是西夏军事组织中最基层的单位。每抄之中，有正军、辅主和负担。正军是抄里的主要战斗员，辅主是次要战斗人员，主要担当正军的副手，当正军战死需要替补时，辅主则升为正军。负担是随军杂役，为正军料理后勤和照料马匹。据记载，正军装备有官马、甲、披、弓一张、箭三十支、枪一支、剑一

---

[1]《宋史》卷486《列传第245·外国二》，中华书局点校本，1977，第14028页。

把、长矛杖一支、全套拨子手扣；辅主装备有：弓一张、箭二十支、长矛杖一支、全套拨子手扣；负担装备有：弓一张、箭二十支、剑一把、长矛杖一支，若发弓箭，则拨子手扣亦当供给。军队除了负责打仗以外，还要进行生产，这和很多游牧民族的习惯类似。

其次是点集制度，《宋史》中记载："每有事于西，则自东点集而西；于东，则自西点集而东；中路则东西皆集。"[①] 通俗来说，就像现在团长和各营长的关系，只要司号员一吹号，各个部队就要聚拢等待团战。正是利用这套严密的军事制度，西夏组建了一支战斗力不俗的军队。同时，西夏非常重视战场侦察，根据斥候与边境部落传回的消息，李元昊已基本掌握了辽军的进军态势。

针对负责牵制的辽国南路军，元昊要求沿途各城闭门坚守。由于南路军都是骑兵，很难攻克严密设防的城市，只要西夏军坚壁清野，辽军自然就无能为力。针对拥有雄厚兵力的北路军，元昊计划将他们阻滞在贺兰山区。为此，大量西夏部队被集结在这个方向上，并沿着贺兰山麓梯次布防。一旦辽军发现西夏大军云集在此，必然不会轻易转到其他方向，数万军队陷在贺兰山区，也能大大减轻其他战场压力。针对耶律宗真所在的中路军，李元昊实施"焦土"政策，大量河套地区的人口从原来的定居点里撤出，来不及运走的物资通通烧毁，并通过填埋水井等方式来阻止入侵者获得水源。以上部署意味着西夏暂时放弃了中路和南路的作战意图，而将主力集中到贺兰山寻求与北路军决战，后来的战役进程也证明这种部署非常成功。

---

① 《宋史》卷486《列传第245·外国二》，中华书局点校本，1977，第14029页。

(三)沙尘暴来袭

随着时间推移,三路辽军进展不一。作为配角的南路军和元昊预料的完全一样,由于缺乏有效的攻城手段,耶律重元的骑兵在碌碌无为之中度过了整场战争。倒是北路辽军打出了不错的开局。当发现西夏大军之后,萧惠立即派遣殿前副检点萧迭里得、护卫经宿直古迭纵兵冲击,元昊也亲率亲兵掩击辽军,一度将辽军重重包围,但论野战能力,契丹人还是要高出一筹。辽将萧迭里得奋勇力斗、左右驰射,并跃马直击西夏中军,夏军顿时大溃。

溃败之后,元昊率军退到贺兰山中,见辽军势盛,不得已上表请和。随后辽兴宗进军次于河曲(今内蒙古自治区鄂尔多斯市),元昊亲率党项诸部待罪,辽兴宗命北院枢密副使萧革诘问元昊纳叛背盟之故,后又赐酒允许李元昊悔过自新。但是主将萧惠认为"元昊忘奕世恩,萌奸计,今车驾亲临,大军并集,天诱其衷,使彼来迎,天与不图,后悔何及!"[①]奉劝辽兴宗乘机拿下元昊,再一鼓作气灭掉西夏。对此,辽兴宗犹豫未决,元昊也知道自己处境艰难,于是主动退兵三十里以观察辽军动向,前后三次,西夏军连续后退近百里,但每一次后撤都实施"焦土"政策,使得辽军进入西夏国境越深,后勤补给便越发困难,如此迁延数日,辽军已是粮草将尽、人困马乏。就在此时,西夏突袭辽军大营,辽军主将萧惠沉着应战,辽军的具装骑兵很快就逼退了西夏精锐的铁鹞子骑兵,斩杀夏军数千人。但辽军骑兵随后却被西夏步兵设置的拒马和大盾牌阻挡。这些步兵多为西夏从宋朝招降或俘虏,尤其擅长以设防阵地来抵抗骑兵冲锋。为此,身为辽军统帅的萧惠一面亲率骑兵追击,一面命另一支骑兵绕过西夏步兵阵地去包抄西夏军后路。一番激战后

[①]《辽史》卷93《列传第23·萧惠》,中华书局点校本,1974,第1374页。

夏军再度溃败，李元昊率数千残兵拼死突围而出，辽军紧追不舍，眼看就要大功告成，突然狂风骤起、飞沙走石，沙尘暴不期而至。对这种天气，党项人早已习以为常，但长居于漠北草原或者幽云汉地的辽军却很少碰到，风沙迎面袭来顿时阵脚大乱。元昊立即抓住机会，发起反扑，人马具装的铁鹞子在滚滚沙尘中呼啸而来，瞬间冲垮了已经混乱不堪的辽国骑兵队伍，败退的骑兵又向后冲乱了己方步兵，自相踩踏者不可胜计。混战中元昊集合全军攻打辽军南壁大营，辽军很快全线崩溃，辽兴宗单骑突出重围，其御用的器服、车骑都被西夏军缴获。随后西夏军又攻入萧孝友寨，俘虏了辽国驸马萧胡睹及近臣数十人，第一次贺兰山之战（又名"河曲之战"）以西夏先败后胜而告终。

关于这场战争，还有一段有趣的插曲。据《辽史》记载，辽兴宗战败之后仓皇逃命，其身边有个戏子名叫罗衣轻，趁着辽兴宗驻马喘息时刻意打趣问："陛下您看看鼻子还在吗？"彼时辽、夏之间发生战争，西夏总爱把被俘的辽人鼻子割掉再放归，罗衣轻原本想以此为乐逗辽兴宗开心。哪承想辽兴宗此时刚捡得一命正狼狈不堪，被罗衣轻如此调侃，顿时怒上心头，叱令卫士把罗衣轻斩首。一旁的太子耶律洪基（后来的辽道宗）赶紧解劝："插科打诨的不是黄幡绰（有名的搞笑戏子）"，罗衣轻顺口接声："行兵领队的也不是唐太宗"，仍旧不肯服软，继续拿辽兴宗找乐，辽兴宗闻言也哭笑不得。[①]

[①] 《辽史》卷109《列传第39·伶官》，中华书局点校本，1974，第1479页。

三、差强人意的结局：第二次贺兰山之战

爆发于庆历四年（1044）的第一次贺兰山之战，虽然以西夏胜利而告终，但作为胜利者的李元昊却难言喜悦。一方面因为战争完全发生在西夏境内，对于辽国本土没有任何影响，西夏却因为"焦土"战术，造成了大量经济损失。另一方面，辽军虽然被暂时击败，但战争中契丹铁骑展现出的强大战斗力无疑给西夏带来巨大冲击，就连王牌部队铁鹞子都无法抵御辽国骑兵的冲击，那其他杂牌部队就更不可能在正面交战中获胜了。

经过这场战争，辽国也开始意识到了西夏对于西部边境的现实威胁。战争结束后当年，辽兴宗升云州为大同府，正式升格为辽五京之一。这一举措无疑强化了辽国在该地区的军力部署和政治影响，也为第二次对夏战争奠定了基础。

庆历八年（1048），西夏开国皇帝李元昊被长子所弑，国内一时处于群龙无首状态。因为前次战败，辽国上下对于李元昊非常忌惮，其在世之时，未敢再启战端。但李元昊之死，又让辽国看到了机会。刚刚继位的李谅祚只是一个年幼的孩子，西夏的军政大权都被国舅没藏讹庞把持。面对主少国疑的局面，没藏讹庞不想大动干戈，便同时向北宋和辽国发出了希望承认李谅祚地位的请求。承平日久的北宋满足于在名义上占据高位，顺水推舟册封李谅祚为夏国国主，但辽国人却难忘河曲战败之辱，直接把西夏使者扔进了牢房。

皇祐元年（1049）七月，辽兴宗下诏再征西夏。从部署上看，这次辽军西征依然分成了"北−中−南"三军，但具体指挥者和目标任务有所调整。中路军依旧由辽兴宗亲自坐镇指挥，以皇太弟耶

律重元、北院大王耶律仁先为前锋。韩国王萧惠为河南道行军都统，赵王萧孝友、汉王贴不为副都统，所领南路军兵力超过六万人，计划作为主力突破黄河，进攻西夏东部的夏州等地。与此同时，还有耶律敌鲁古统领的北路军，这一路军由阻卜等部落军组成，计划由北面直趋凉州，突入西夏右厢地区。

当年八月，辽兴宗亲率中路军首先出动，中路军以近卫军和中京周遭领主私兵构成，直接从阴山一带出发，渡过黄河后攻入西夏东部边境，行军路线基本与上次西征一样。但此次辽中军没有长驱直入，在沿途西夏军队纷纷撤退，准备坚壁清野之际，辽兴宗直接宣布班师回朝，把胜利的希望留给了南北两路辽军。

九月，萧惠率领辽南路军沿着黄河支流的无定河推进。这一路辽军声势浩大，战舰粮船绵亘数百里。手握大军的萧惠似乎放下了上次战争中的戒备心理，当诸将请求严加戒备以防不测时，萧惠傲慢地说："谅祚必自迎车驾，何暇及我？无故设备，徒自弊耳。"[①]数日之内，竟然不设立营栅，不派遣斥候，没藏讹庞知其不备，在所经之路上提前埋伏下重兵，待辽军行至山间之时，大批夏军突然杀出，万箭齐发，猝不及防的辽军死伤惨重，萧惠本人几乎不得脱身，其子慈氏奴死于此战。

到了这里，似乎西夏又将迎来一场胜利，但耶律敌鲁古所率的北路军却取得了意想不到的战果。此战由于辽国转移了主攻方向，西夏也将大部分部队集中到了南翼，导致其他方向的防御力量被削弱很多。辽北路军绕过贺兰山脉，向西插入了西夏的大后方——河西地区。当时的河西走廊只剩下了与西夏貌合神离的甘州回鹘，面对来势汹汹的契丹大军，甘州回鹘未抵抗便开城投降，北路军轻松

[①]《辽史》卷93《列传第23·萧惠》，中华书局点校本，1974，第1375页。

占据了凉州。之后，数千辽国骑兵又马不停蹄地转向东方，迅速拿下了摊粮城。该城位于贺兰山脉的西北边缘，是西夏人建立不久的粮草储备基地，也是他们准备同辽国长期对峙的后勤保障。辽军骑兵在此获得了大量物资，并顺手俘虏了很多来这里避难的党项贵族。

摊粮城失守，西夏朝野震动，没藏讹庞不得不亲率三千最精锐的铁鹞子近卫军北上，决心夺回摊粮城，双方就此爆发了第二次贺兰山之战。激战中辽军主将耶律敌鲁古大呼奋击，指挥轻骑兵从两翼展开包抄，大有一战全歼西夏精锐的架势，而西夏铁鹞子在攻击过程中又会遇到辽军部队中女真和奚人部族车营的阻挡，推进异常困难。战不多时，西夏全面溃败，没藏讹庞只身逃离战场。皇祐元年（1049）十月，辽北路军已穿过贺兰山脉，抵达了兴庆府城下。辽军以女真和奚人组成的步兵部队进行围困，契丹骑兵则在外围不断机动，在阻断城内外联系的同时，也防止西夏援军到来。经过数月围困，城内的西夏军民陷入了饥馑状态，没藏讹庞明白大势已去，只得放低身段以藩属身份向辽国求和。城内西夏贵族也纷纷向契丹人贡献马匹、骆驼，最终才获得辽国网开一面。

皇祐二年（1050）初，辽国北路军班师，李谅祚母亲没移氏及官僚、家属皆被辽军俘虏，大量河西地区的人口和畜群也被一并掳走。此战之后，西夏彻底认清了形势，轻易不敢再向辽国开战，没藏讹庞把军事重心转向了袭扰北宋边境，企图从北宋获得一些资源补偿。而辽兴宗也因为数次劳师远征，却难以彻底征服西夏，也便同意了西夏的议和。此后双方各守原来疆界，直到辽国灭亡也没有再发生大的冲突。

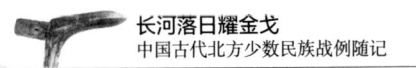

参考文献

[1]（元）脱脱：《辽史》卷36，北京：中华书局，1974。
[2]（元）脱脱：《辽史》卷34，北京：中华书局，1974。
[3]（元）脱脱：《辽史》卷59，北京：中华书局，1974。
[4]（元）脱脱：《宋史》卷486，北京：中华书局，1977。
[5]（元）脱脱：《辽史》卷93，北京：中华书局，1974。
[6]（元）脱脱：《辽史》卷19，北京：中华书局，1974。
[7]（元）脱脱：《辽史》卷20，北京：中华书局，1974。
[8]（元）脱脱：《辽史》卷109，北京：中华书局，1974。
[9]武玉环：《契丹史》，北京：中国社会科学出版社，2019。
[10]承天：《契丹帝国传奇》，北京：中国国际广播出版社，2008。
[11]唐荣尧：《西夏帝国传奇》，北京：中国国际广播出版社，2011。
[12]吴天墀：《西夏史稿》，北京：商务印书馆，2010。
[13]冯科：《中国古代北方民族史·契丹卷》，北京：科学出版社，2021。
[14]台湾三军大学：《中国历代战争史第11》，北京：中信出版社，2013。

六、宜水之畔鸣镝响——
女真与党项的初次交锋

北宋政和五年（1115），在中国历史上是不同寻常的一年。这一年，世世代代生活在白山黑水之间的女真民族在按出虎水完颜部首领完颜阿骨打带领下，完成了肇基立国的宏业，并向曾经的宗主国——契丹辽国发起了强有力的挑战。完颜阿骨打建立的这个新兴帝国，就是赫赫有名的金王朝。关于金国国号的由来，《金史》中记载：

上（完颜阿骨打）曰："辽以宾铁为号，取其坚也。宾铁虽坚，终亦变坏，惟金不变不坏。金之色白，完颜部色尚白。"于是国号大金，改元收国。①

建国之后，金太祖以辽国五京为目标，继续展开灭辽战争。政和六年（1116）五月，金军占领辽东京辽阳府（今辽宁省辽阳市）。宣和二年（1120）五月，金太祖亲自率军攻陷辽上京临潢府（今内蒙古自治区赤峰市巴林左旗林东镇南郊），辽朝已丧失了大半国土。交战期间北宋使者马政、赵良嗣等与金朝定下海上之盟，联合攻打辽国。宣和四年（1122）正月，金军又攻下辽中京大定府（今内蒙古自治区宁城县西北），天祚帝逃亡沙漠。三月，辽国大臣李处温、萧干、耶律大石等拥立秦晋国王耶律淳于南京析津府（今北京市）继位，史称北辽。四月，金军攻下辽西京大同府，至年底又攻下辽南京。宣和七年（1125）二月，金军在应州（今山西省应县）境内俘获辽天祚帝。短短十年时间，女真人就如风卷残云一般彻底灭亡了辽国，也深刻改变了东亚大陆的政治格局，首当其冲的便是与辽国鼎足而立的北宋和西夏。

西夏自立国以来，由于地处荒僻、国小民弱，无力与辽、宋两国同时开战。从太祖李继迁开始，就奉行"联辽抑宋"国策，李继

---

① 《金史》卷2《本纪第2》，中华书局点校本，1975，第26页。

迁、李德明、李元昊三代夏王都曾与辽国联姻。虽然其间双方也爆发了两次贺兰山之战，但某种意义上更像是西夏的战略试探。在西夏挫败辽国攻势之后，李元昊明智地选择了罢兵求和。此后双方维持了相对和睦的外交关系，特别是宋神宗继位之后，北宋又对西夏发起了新一轮攻势，西夏也迫切需要借助辽国的力量来自保。在国防安全和经济内需（主要榷场贸易）双重影响下，西夏已和辽国结为了事实上的攻守同盟，面对金国的威胁，兴庆府朝廷理所当然认为要帮契丹人一把，否则便可能失去最大的靠山。

此时的战场形势已经发生了巨大变化，在女真铁骑的冲击下，契丹军队一败再败，战场很快就从上京、中京推进到了西京一带。对于西夏来说，西京靠近党项人所据的河套地区，也是辽、夏两国主要的榷场据点，绝不能坐视被女真人占据。为此，夏崇宗李乾顺派出了一支五千余人的军队，准备帮助辽军守卫西京。怎料刚走到边境，金军就已经攻破了西京，尚未赶到西京的党项军队只能撤回境内以防金兵入侵，金国将领见西夏有了防备便也没有再继续追击，双方各守边界，酝酿着新一轮交锋。

虽然还不能确定新兴的金国将如何对待西夏，但辽国对于西夏的重要性自然是不言而喻，何况辽国皇帝还是自己的岳父（其皇后耶律南仙是天祚帝族女，受封成安公主），对于辽国的处境于公于私西夏都不能置之不理。宣和四年（1122）五月，李乾顺又派遣大将李良辅率军三万越过边境，打算救援躲避在阴山一带的天祚帝。金国方面则一边加紧攻略辽国南京地区，一边令开国名将完颜娄室率军继续追赶天祚帝。但因为金国开国之初兵力实在有限，在集中主力攻打南京之际，分给娄室的追击兵力并不充足，结果当追击的金军猝然遭遇西夏大军之时，立刻陷入了以寡敌众的不利局面。

尽管在后人眼中，党项与女真都以骑兵著称，但两者的作战风格还是有很大区别。完颜娄室麾下的追击部队几乎全部由女真本族骑兵组成，他们以五十人为一个小分队，每个分队中由二十名具装重骑兵和三十名披甲弓骑兵组成，在战斗中习惯组成骑兵方阵，直接突击对手的薄弱环节。在对辽国作战中，各类辽军不管是契丹本族骑兵，还是诸如奚人、汉儿、渤海人组成的步骑兵混合部队，都难以抵挡女真骑兵的冲击。而且女真人以坚韧耐战著称，在初战不利的情况下，也不会轻易选择撤退，往往会在短暂的休息和重组后，接着上阵厮杀，慢慢消磨对手的体力和战斗意志。

相比之下，此时的西夏即便是国内最好的军队也很难同女真铁骑相提并论。在经历了与北宋漫长的消耗战后，西夏的兵源素质和武器装备相比立国初期已出现了严重退化。越来越多的征召兵取代了早年的部落精英，战术选择和战场执行力也随之大幅下降。由于已经习惯了在大国之间左右逢源，西夏非常注意控制军队损耗。面对不利战局，女真人会选择坚持再战，而西夏人往往会相机撤退。装备方面，此时的西夏军队不像金人那样为重骑兵配备多匹战马用以轮换骑乘，许多轻骑兵几乎没有任何护具。所以在一些小规模的边境冲突中，西夏更多依仗战斗力较差的步兵，若是没有城寨可以据守，则只能选择山川或河流作为天然屏障，更多的防御战和伏击战取代了过往的攻势突击与远距离奔袭。

在宣和四年（1122）五月的这场遭遇战中，西夏人依靠狭窄的山区地形和巨大的数量优势围歼了忙于赶路的四百余名女真骑兵，金军将领阿士罕只身逃出了伏击圈。此后，金国诸将就是否继续追击产生了分歧，不少人觉得部队连续作战时间太久已经到了强弩之末，加之连日暴雨也限制了骑兵作战，这时候再贸然追击极易导致更大的失败。但完颜娄室却认为必须继续作战，否则西夏就会乘胜进攻，而人数较少的金军很难守住西京等地。只有通过进攻迟滞西夏大军,才能为后援赶到争取时间,为此金军主帅斡鲁令娄室率千余名骑兵继续发起进攻。

相比战意旺盛的金军,初战获胜的西夏军队反而主动后撤到了宜水(近内蒙古自治区阴山一带)附近,准备利用河流地形建立更牢固的阵地。面对敌情变化,完颜娄室顺势留下二百人预备队抢先守住山口,自己则带着剩余八百名骑兵准备渡河抢占对岸的平原地带,并派人向后方的斡鲁催促援军。面对这支数量稀少的金军小部队,西夏军队一开始并未将其放在心上,只是漫不经心地部署列阵,反倒是金军骑兵渡河后就立刻发起了进攻。完颜娄室将八百骑兵分成两队,轮流冲击河岸平原上的党项部队,当一队的进攻被数量占优的对手压制时,另一队骑兵就会接着突击帮助解围。

虽然兵力相差巨大,但久疏战阵的西夏军队对于这样的硬仗还是缺乏准备。因为布阵速度太慢,很多使用弩机的步兵迅速被敌军冲乱了阵脚,无法从容展开射击。倒是那些保留着游牧传统的党项步弓手,因为装备有长矛硬弓还可以抵抗一阵。他们在本部骑兵配合下,屡屡试图将完全陷入己方队伍的金兵合围,只是因为另一队金兵的冲击,合围的意图又被破坏。随着战事陷入胶着,越来越多的西夏军队投入到战场,而金军也开始在相互掩护中撤退,尽管死伤不多,但看上去已失去了战斗意志。李良辅自然不愿意放跑到嘴的肥肉,立即出动数千骑兵追击。不知不觉中,这数千西夏骑兵已被金兵引入了宜川东岸的山地,更多步兵则仍在混乱无序地渡河。

就在此时,原本一直撤退的金军骑兵突然返身死战,原先守在这里的另外二百名骑兵也乘势杀出,两股金军会合后立刻打了西夏一个措手不及。由于山地拥挤狭窄,数量众多的西夏军队一时施展不开,反倒是身披重甲,单兵搏杀更强的金军占据了上风。不善硬仗的西夏军队前后拥堵,前方的骑兵在惨烈的马上对战中纷纷倒地,想逃跑的也会被后面挤上来的友军堵住去路。让西夏雪上加霜的是,金军主帅斡鲁派出的援兵已经赶到战场,他们从侧翼突然杀入,彻底击垮了西夏军队。大部分西夏追兵倒在了金人的夹攻之下,少数幸存者向河对岸溃逃,但由于连日雨水,山间的河水突然发生暴涨,又冲走了不少西夏残兵。至此,西夏这次对辽国的军事援助以惨败而告终。

关于此战,《金史》中也有着简短而生动的记载:

> 夏人救辽,兵次天德,娄室使突捻、补撒以骑二百为候兵,夏人败之,几尽。阿士罕复以二百骑往,遇伏兵,独阿士罕脱归。时久雨,诸将欲且休息,娄室曰:"彼再破吾骑兵,我若不复往,彼将以我怯,即来攻我矣。"乃选千骑,与习失、拔离速往。斡鲁壮其言,从之。娄室迟明出陵野岭,留拔离速以兵二百据险守之。获生口问之,其帅李良辅也。将至野谷,登高望之。夏人恃众而不整,方济水为阵,乃使人报斡鲁。娄室分军为二,迭出迭入,进退转战三十里。过宜水,斡鲁军亦至,合击败之。[①]

由于兵力不足,金军也暂时放弃了深入阴山追捕天祚帝的计划,转而凭借着得胜之势,积极对西夏展开政治攻势。金国大将完颜宗望遣使西夏,令其以事辽之礼事金。《金史》记载:

> 宗望至阴山,以便宜与夏国议和,其书曰:"奉诏有之:夏王,辽之自出,不渝终始,危难相救。今兹已举辽国,若能如事辽之日以效职贡,当听其来,毋致疑贰。若辽主至彼,可令执送。"[②]

而对于行将就木的辽国来说,此时的西夏已是大厦将焚前最后一根救命稻草。宣和五年(1123),天祚帝因为战事不利而短暂进入西夏境内避难,并顺势册封李乾顺为西夏皇帝,虽然这样的"册

[①]《金史》卷72《列传第10·娄室》,中华书局点校本,1975,第1650页。
[②]《金史》卷134《列传第72·外国上》,中华书局点校本,1975,第2865-2866页。

封"此时已经没有任何意义。乾顺在接受册封后按兵不动,就在这时,金朝方面也派出使者通好西夏,并以割让辽国边境部分疆土为条件,引诱西夏归顺金朝。面对金人的威逼利诱,乾顺审时度势,最终决定臣服金朝。

宣和六年(1124)正月,李乾顺派遣御史中丞芭里公亮正式向金朝称臣。金将完颜宗翰将辽国西南地区大片土地划给了西夏。

天会二年,始奉誓表,以事辽之礼称藩,请受割赐之地。宗翰承制,割下寨以北、阴山以南、乙室耶刮部吐禄泺之西,以赐之。①

三月,为了答谢金朝的赐地之恩,乾顺再次派遣芭里公亮出使金朝,并上表表明自己立场。其誓表在《金史》中也有所记载:

臣乾顺言:今月十五日,西南、西北两路都统遣左谏议大夫王介儒等赍牒奉宣,若夏国追悔前非,捕送辽主,立盟上表,仍依辽国旧制及赐誓诏,将来或有不虞,交相救援者。臣与辽国世通姻契,名系藩臣,辄为援以启端,曾犯威而结衅。既速违天之咎,果罹败绩之忧。蒙降德音以宽前罪,仍赐土地用广藩篱,载惟含垢之恩,常切戴天之望。自今已后,凡于岁时朝贺、贡进表章、使人往复等事,一切永依臣事辽国旧例。其契丹昏主今不在臣境,至如奔窜到此,不复存泊,即当执献。若大朝知其所在,以兵追捕,无敢为地及依前援助。其或征兵,即当依应。至如殊方异域朝觐天阙,合经当国道路,亦不阻节。以上所叙数事,臣誓固此诚,传嗣不变,苟或有渝,天地鉴察,神明殛之,祸及子孙,不克享国。②

洋洋洒洒的誓表,阐明了李乾顺的三层态度,一是不再臣服辽国;二是如天祚帝至西夏境内,当捕获送给金朝;三是西夏将对金

---

①② 《金史》卷134《列传第72·外国上》,中华书局点校本,1975,第2866页。

朝进贡、接受金朝赐封。

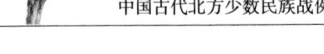

接到西夏上表的金太宗完颜吴乞买，在一个月后即派遣使臣阿海、杨天吉到西夏赐诏书，因为事件发生在金天会年间，史称"天会议和"。在和金朝议和之后，西夏迎来了自身发展的一段黄金窗口期：自靖康元年（1126）以来，西夏先后进占天德、云内、武州等地，后又攻占北宋西安州、麟州建宁砦、怀德军，乘胜攻克天都寨，并一度包围了兰州。不久金将完颜宗弼派兵强占天德、云内等州，李乾顺向金朝提出质问。靖康二年（1127），金朝与西夏重新划定了疆界，金朝把陕西北部约数千里之地划给西夏，以此作为天德、云内等地的抵偿。至绍兴八年（1138），金朝将乐州（今青海省海东市乐都区）、积石州（今青海省循化撒拉族自治县）、廓州（今青海省黄南藏族自治州尖扎县）等三州割让给西夏。至此，西夏取得了湟水流域之地，达到了版图鼎盛时期。

虽然已对金国称臣，但两国也并非一直都是亲密无间，变局开始于金国南下攻宋。据《东都事略》记载，攻宋前夕金国特意派遣使者赴西夏许诺割地，意图联夏灭宋，但西夏清醒地认识到金国并没有合作的诚意。特别是金军南侵接连取胜后，甚至有了侵凌吞并西夏的念头。为了自保西夏一度和远在西域的西辽往来密切，并传出了西辽准备借道西夏讨伐金国的传闻，这也为金、夏两国日后往来蒙上了一层阴影。等到蒙古崛起后，西夏马上改换门庭充当蒙古侵金的急先锋。于是两国在漫长的厮杀中不断损耗国力，最终都被蒙古大军湮灭在了历史长河之中。

# 参考文献

[1]（元）脱脱：《金史》卷2，北京：中华书局，1975。
[2]（元）脱脱：《金史》卷72，北京：中华书局，1975。
[3]（元）脱脱：《金史》卷134，北京：中华书局，1975。
[4] 唐荣尧：《西夏帝国传奇》，北京：中国国际广播出版社，2011。
[5] 吴天墀：《西夏史稿》，北京：商务印书馆，2010。
[6] 孙昊、杨军：《女真帝国传奇》，北京：中国国际广播出版社，2009。
[7] 吴蔚：《宋江山》，西安：陕西人民出版社，2009。

七、塞马嘶鸣叹兴亡——
蒙金野狐岭之战记略

野狐岭，位于今河北省张家口张北县与万全县交界，地形非常险峻，自古便是华北地区通往坝上蒙古高原的重要通道。史书中对野狐岭多有记载，如元代郝经《北岭行》写道："中原南北限两岭，野狐高出大庾顶。举头冠日尾插坤，横亘一脊缭绝境。"顾祖禹《读史方舆志略》中描述野狐岭"势极高峻，风力猛烈，雁飞遇风辄堕地"。南宋嘉定四年（1211），蒙古成吉思汗南下伐金，曾经在此地大败金军，史称"野狐岭之战"。这场战役深刻地改变了中国历史走向，以此为开端，蒙古在二十三年后彻底消灭金朝，中华大地随之也进入一个全新的历史阶段。

一、血仇

绍兴三十一年（1161），金国第四位皇帝完颜亮统兵四十万大举南侵，旨在"立马吴山、混一天下"，岂料采石一战金军大败，完颜亮本人也被叛军杀死。此战之后，女真人彻底丧失了统一华夏的雄心，南宋王朝也躲过了一次重大危机。翌年，两国都经历了皇权更迭，金世宗完颜雍继位后革除弊政，为金王朝开启了一段中兴岁月。南宋方面，宋高宗赵构也将皇位传给了养子赵昚（即宋孝宗），孝宗虽有志于北伐图强，但很快在战争中铩羽而归。总体来看，金、宋包括西夏之间虽有零星干戈，但国力已成均势，谁也无力彻底消灭另外两方。于是，和议代替了冲突与战争，中华大地也迎来了一段四十多年的和平时光。

无论是金国中都朝廷，还是南宋临安宫殿，恐怕没有人会想到，这一年在遥远的蒙古高原斡难河畔（即今蒙古国境内鄂嫩河，其发源于蒙古国东北部肯特山东麓，向北流经俄罗斯石勒喀河，最后流入黑龙江），蒙古乞颜部首领也速该迎来了自己的第一个儿子，他为这个婴儿取名叫铁木真。数十年后,这个孩子将掀起滔天巨浪,彻底湮灭中原版图之上的所有国家。

铁木真出生于蒙古乞颜部。蒙古发源于古老的东胡系民族,早在公元七世纪时,便以蒙兀室韦之名见诸于史册。当时室韦人主要活动在额尔古纳河下游的大兴安岭北端,过着半狩猎半游牧的氏族社会生活。大约在公元九世纪时,西迁到达斡难河源的不儿罕山(今蒙古国肯特山)一带驻牧。唐代以后,蒙兀室韦曾先后受中原王朝及漠北诸游牧部族的管辖统治。辽代时,蒙兀室韦已分衍出许多部落,其中包括成吉思汗家族的直系祖先乞颜部,以及札答兰、泰赤乌等部落,这些部落游牧在克鲁伦河、鄂嫩河、土拉河上游到肯特山以东广阔的草原之上。除此之外,还有塔塔尔部占领呼伦贝尔草原与锡林郭勒北部,翁吉剌部生活在呼伦湖东南以及贝尔湖一带,南边靠近金长城的是汪古部,色楞格河下游是蔑儿乞部,杭爱山与肯特山之间是人口众多的克烈部,阿尔泰山一带是乃蛮部。辽国时期,蒙古诸部都臣服于强大的契丹人。据记载,蒙古人通常不与契丹战争,唯以牛、羊、驼、马、皮毳之物与契丹进行交换。

政和五年(1115),女真民族建立了金国并迅速灭亡了辽国,蒙古诸部作为辽国的政治遗产被新兴的金国收入囊中。相比于同为东胡系游牧民族出身的契丹人,源自肃慎系渔猎民族的女真人对蒙古诸部直接采用高压统治。绍兴七年(1137),金熙宗派军远征蒙古,因粮草断绝被迫撤退,蒙古部首领合布勒汗乘机率军追击,大破金军。此后,金兀术亲率八万精兵多次向蒙古发动进攻,但连年不克。绍兴十七年(1147),金国与蒙古部议和,并割克鲁伦河以北的二十七个团寨于蒙古。

在失去克鲁伦河以北地区后,金国利用与蒙古部有仇的塔塔尔部诱杀了蒙古首领俺巴孩汗。据载,俺巴孩汗是在送女儿去呼伦贝尔成亲途中，遭到塔塔尔人劫持送往金国。金廷将俺巴孩汗钉在"木驴"上处死，其临死前曾留下遗言训诫后人：

今后以我为戒，即使你们将五个指甲磨尽，十个指头全部磨坏，也要为我报仇雪恨。[1]

除了铲除像俺巴孩汗这样的杰出部落领袖，金国统治者还对广大蒙古牧民实行"减丁政策"，即为了抑制蒙古各部落发展，金军每隔三年就要进入蒙古草原残杀草原上的蒙古青壮年。南宋郑思肖记载：

昔金人盛时，鞑虽小夷，粘罕（完颜宗翰）、兀术（完颜宗弼）辈尝虑其有难制之状，三年一征，五年一徙，用蒿指之法厄其生聚。蒿者，言若删蒿也。去其拇指，则壮丁无用。[2]

祖先被残害，部民被杀戮，蒙古与金国之间已经结下了不共戴天的血海深仇，只是彼时的蒙古部落尚且弱小，仇恨的种子只能深埋心中，直待力量壮大，报仇雪恨的时刻来临。

二、兴兵

开禧二年（1206）五月，在权臣韩侂胄的一手策划下，宋宁宗下诏伐金，承平日久的宋、金两国战火重燃。开战初期，南宋连续收复了泗州（今安徽省宿州市泗县）等地，但在宿州、寿州（今安徽省淮南市寿县）一带被金军击退。至十月，金军兵分八路全面反攻，中路先后攻陷枣阳军（今湖北省枣阳市）、光化军（今湖北省老河口市）、随州（今湖北省隋县），并将襄阳府、德安府（今湖北

---

[1]（法）勒内·格鲁塞：《活着就为征服世界：蒙古帝国史》，光明日报出版社2015年版，第458页。
[2]（宋）郑思肖：《铁函心史》，老古文化事业公司1981年版，第40页。

省安陆市)团团围住。东路军在金军主帅仆散揆率领下渡过淮河进攻合肥。西路金军则攻占了川蜀门户大散关,南宋陕西河东招讨使吴曦叛变投降,整个战局已经不可收拾,最终开禧北伐以宋朝增加岁币、对金国皇帝由称叔改称伯,并杀韩侂胄传首金庭为代价画上句号。

就在金国注意力全部集中在南线之际,北方的蒙古草原也发生了天翻地覆的变化。从淳熙五年(1178)铁木真成为乞颜部首领以来历经二十余年征战,至开禧二年(1206),铁木真终于统一了蒙古草原。这年春天,蒙古诸部在斡难河源召开忽勒里台大会,供奉铁木真为"成吉思汗"(意为如海洋般伟大的君主),建国号"也客·忙豁勒(蒙古)·兀鲁思"。在汉语中"也客"有"广大"之意,"兀鲁思"即"国家",汉语即为"大蒙古国"。会场中央还竖起了一面引人注目的白色大旗,旗下有九根飘带,史称"九旄白纛"或"九足白纛"。《元史》记载:"元年丙寅,帝大会诸王群臣,建九旄白旗,即皇帝位于斡难河之源。"[1]

蒙古人以白色为吉祥色,九为吉祥数,"足"和"旄"即旗上的飘带、穗子,蒙古人认为这面旗帜是军队的守护神(苏鲁锭),可以引导军队走向胜利。也是从这一天开始,蒙古从一个受人欺凌的小部落发展成为了一个统一、强盛的汗国,漠北草原千余年来民族更迭频繁、兴衰无常的状况就此结束,具有持久生命力的崭新蒙古民族从此长期活跃在历史长河之中[2]。

建国称汗,远远不是成吉思汗事业的终点,他曾对诸子说:"天下地土宽广,河水众多,你们尽可以各自去扩大营盘,征服邦国。"又曾训示诸将:"男子最大之乐事,在于压服乱众,战胜敌人,夺取其所有的一切,骑其骏马,纳其美貌之妻妾。"为此,成

---

[1] 《元史》卷1《本纪第1·太祖》,中华书局点校本,1976,第13页。
[2] 张帆等著:《辽夏金元史·冲突与交融的时代》,中信出版社2023年版,第377页。

吉思汗一手打造了一支当时世界上最强大的军队。

据记载，蒙古汗国以千户为军队基本单位，建立之初共有九十五个千户，加上一万名成吉思汗的私人卫队——怯薛军（怯薛组建之初只有1150人，成员包括七十人的白天护卫，八十人的夜间护卫，以及一千人的勇士，至1206年建国时已经扩充到了一万人规模），兵力在十万人上下。至宝庆三年（1227）成吉思汗去世时，蒙古诸部征调千户总数为129个，理论上这些纯蒙古军队兵力应达到12.9万人。虽然数量上与金、宋、西夏的数十万大军相去甚远，但是自古"兵不在多而在精"，蒙古骑兵缔造了中国北方民族最强的战绩，"兵利马疾"可以说是最生动的写照。

战马方面，蒙古人不仅"一人多马"，还独创了"吊马法"，即以二十五天为一个周期，对多匹马进行慢跑、奔跑、吊汗、长距离奔跑等训练，通过"吊马法"训练，可以确保战马到达最佳状态。《蒙鞑备录》记载：

鞑国（即蒙古）地丰水草，宜羊、马。其马初生一二年，即于草地苦骑而教之，却养三年，而后再乘骑，故教其初是以不蹄啮也。千百为群，寂无嘶鸣，下马不用控系，亦不走逸，性甚良善。日间未尝刍秣，惟至夜，方始牧放之。随其草之青枯，野牧之。至晓，搭鞍乘骑，并未始与豆粟之类。凡出师，人有数马，日轮一骑乘之，故马不困弊。[①]

纵观中国历史上北方少数民族军队，如匈奴骑兵每次出征时至少带着两匹马轮流骑乘，但匈奴时代没有马镫，极大地限制了骑兵的冲击力。匈奴人之后的鲜卑、柔然和突厥，虽然战马数量更多，并广泛使用了马镫和具装骑兵技术，战力超过了匈奴人，但这些民

---

① （南宋）赵珙、彭大雅：《蒙鞑备录·黑鞑事略》，内蒙古人民出版社2012年版，第5—6页。

族缺乏吊马技术,在硬碰硬的正面会战中往往"作鸟兽散"。两宋时期兴起的契丹、女真、党项骑兵在这方面也不如蒙古人,契丹骑兵是典型的一人三马,"辽国兵制,凡民年十五以上,五十以下,隶兵籍。每正军一名,马三疋,打草谷、守营铺家丁各一人"[1],但契丹人缺乏个头大的战马,在冲击能力上不如女真骑兵。女真战马个头大,冲击力强,但女真人不是游牧民族,他们的骑兵配置是一人双马,约五十骑兵作为一队,相隔百步而行。党项骑兵的配置是一人一马一骆驼。相比以上,蒙古骑兵可谓集历代北方民族骑兵之大成。同时,蒙古骑兵吃苦耐劳,可以在多日不宿营和无正常饮食的情况下连续作战,忍受常人难以忍受的艰苦。据记载,蒙古骑兵在外出作战时,都会携带大量羊群、母马出征,一边行军一边放牧一边吃饭(可以做到在马上吃喝拉撒),而马群和羊群便是蒙古人的水源和食物。

在装备方面,蒙古军队是轻重骑兵混合,所用武器除了弯刀、长矛、手斧之外主要是双曲反弯复合弓,配有两种箭,一种比较轻,箭头小而尖利,用于远射;另一种比较重,箭头大而宽,用于近战。这种双曲反弯复合弓拥有惊人的穿透力和射程,在150米距离内可以洞穿各种护甲。在后期征战中,蒙古军的武器装备也在不断改善,除原有的弓箭刀枪外,又从中原和西域俘获许多制作利器、甲盾、攻城之具、炮石的工匠,这使蒙古的精锐骑兵如虎添翼。金哀宗说:"北兵所以常取金胜者,恃北方之马力,就中国之技巧耳。"[2]

除了兵员和装备上的优势,统率这支大军的成吉思汗有着无与伦比的军事天才,史称其"深沉有大略,用兵如神",蒙古军在他

---

[1] 《辽史》卷34《志第4·兵卫志上》,中华书局点校本,1974,第397页。
[2] 《金史》卷119《列传第57》,中华书局点校本,1975,第2599页。

指挥下创造了许多独到的战术，根据《黑鞑事略》记载：

其破敌，则登高眺远，先审地势，察敌情伪，专务乘乱。故交锋之始，每以骑队轻突敌阵，一冲才动，则不论众寡，长驱直入。敌虽十万，亦不能支。不动则前队横过，次队再冲。再不能入，则后队如之。方其冲敌之时，乃迁延时刻，为布兵左右与后之计。兵既四合，则最后至者一声姑诡，四方八面响应齐力，一时俱撞。此计之外，或臂团牌，下马步射。一步中镝，则两旁必溃，溃则必乱，从乱疾入。镝或见便以骑蹴步，则步后驻队驰敌迎击。敌或坚壁，百计不中，则必驱牛畜或鞭生马，以生马搅地，敌阵鲜有不败。敌或森戟外列，拒马绝其奔突，则环骑疏哨，时发一矢，使敌劳动。相持既久，必绝食或乏薪水，不容不动，则进兵相逼。或敌阵已动，故不遽击，待其疲困，然后冲入；待其兵寡，然后则先以土撒，后以木拖，使尘冲天地，疑兵众，每每自溃；不溃则冲，其破可必。或驱降俘，听其战败，乘敌力竭，击以精锐；或才交刃，佯北而走，诡弃辎重，故掷黄白，敌或谓是城败，逐北不止，冲其伏骑，往往全没。或因其败而巧计取胜，只在乎彼纵此横之间，有古法之所未言者。其胜则尾敌袭杀，不容逋逸。其败则四散迸，追之不及。[①]

凭借这支军队，成吉思汗迅速发动了对周边邻国的扩张战争。开禧元年（1205）至嘉定二年（1209），为了解决伐金作战的后顾之忧，蒙古连续三次入侵西夏，夏襄宗李安全被迫献女求和，年年纳贡。

在用兵西夏同时，蒙古也密切关注着金国朝野的一举一动。早在建国之前，已经有不少金国官员如契丹人耶律阿海、耶律秃花兄

[①]（南宋）赵珙、彭大雅：《蒙鞑备录·黑鞑事略》，内蒙古人民出版社2012年版，第10—11页。

弟等投奔了成吉思汗，带去了金朝"不治戎备，俗日侈肆，亡可立待"①的情报，使成吉思汗掌握了金国朝政懈怠、兵备松弛、君臣不和等情况。嘉定元年（1208），金章宗死，其叔卫王永济继位。史载永济相貌堂堂但是性格软弱而且有点低能，金章宗生前曾令其赴净州（今内蒙古自治区四子王旗西北城卜子村）接受蒙古部朝贡，与成吉思汗当面打过交道。当时成吉思汗对永济便甚为轻视，后知永济继位，更是直言："我谓中原皇帝是天上人做，此等庸懦亦为之耶？"②从此与金国断绝关系，全力筹备伐金大计。至嘉定四年（1211）二月，成吉思汗在克鲁伦河大会诸王群臣，并对天祷告，指责金国皇帝反复挑起蒙古战乱，无辜杀害先祖俺巴孩汗和斡勤巴儿合黑汗，并以复仇之名誓师伐金，持续七年的蒙古第一次伐金战争就此爆发。

是年三月，蒙古十万大军从克鲁伦河出发，越过大漠，经大水泺（今内蒙古自治区察哈尔正蓝旗附近）抵达汪古部驻地。汪古部为突厥后裔，世居阴山以北，本是替金朝防守净州界壕的一个部族，但其首领阿剌兀思早在成吉思汗征讨乃蛮部时便已归附投靠。成吉思汗命其为统帅汪古部五千户官，并许嫁以女儿阿剌合别姬公主，相约两家世代通婚，互称"安答"（契交）、"忽答"（亲家）。汪古部投降使得净州从金朝的边防前线变成了蒙古军队的前进基地，蒙古军队可以在这里得到充分的休养和补给，同时也极大增添了成吉思汗的声势。

对于蒙古的战争部署，金国并非全无所闻，但是因为永济初登皇位，满朝上下人心浮动，只能掩耳盗铃般地严禁国人议论边事。一个叫纳哈买住的守边将领曾提醒朝廷要防范蒙古入侵，结果被扣

---

① 《元史》卷150《列传第37》，中华书局点校本，1976，第3549页。
② 《元史》卷1《本纪第1·太祖》，中华书局点校本，1976，第15页。

以"擅生边隙"的罪名直接下狱。等到蒙古大军压境,完颜永济还心存侥幸,令西北路招讨使粘合合打赶赴蒙古军中求和,结果遭到成吉思汗拒绝。事已至此,金廷才不得不加紧备战。

早在金太宗时期,金国就已开始在北方边境的一些重要隘口修筑零星的边堡、边墙,后来由于和北方游牧民族冲突加剧,金廷不断掘壕修障,并将原本散落的工事逐步串联起来,到金章宗时已经形成了一道绵延千里的防线。这条防线跨越了金国东北路、临潢路、西北路与西南路,史称"金界壕",又称"金长城"。金界壕由壕沟、主堤、副堤、壕堡、边堡、关隘、烽堠等一系列工事组成,其中壕沟、主堤、副堤是防御工程的主体部分,壕堡、边堡都是修筑在主堤或者壕沟内侧的城堡,一般相隔数公里便筑有一个,起到互相呼应的作用,里面驻屯着随时准备战斗的边防部队。关隘通常修在壕沟附近,负责扼守交通要道。烽堠用来瞭望与警戒。这些工事可谓环环相扣、防范周密,不过由于防线太长,各处工事质量参差不一,很多地方就只有一道矮墙,那些修得相对正规的堡垒就成了主要的支撑点。

在获悉蒙古军拒绝议和并大举南下的消息后,无奈的完颜永济只能派遣平章政事独吉思忠、参知政事完颜承裕在西北路开设行省,指挥金军主力向中都(今北京市)以北的桓州(今内蒙古自治区锡林郭勒市多伦县一带)、昌州(今内蒙古自治区锡林郭勒市太仆寺旗一带)、抚州(今内蒙古自治区乌兰察布市集宁县一带)集结,准备依靠界壕防线来抵抗蒙古进攻。"行省"本义为中央派朝廷官员到地方行使"省"的权力,其制度源头在魏晋隋唐,原为中央机关"省"的派出机构,因军事征伐的需要而临时设置,事毕即撤。金朝时期行省全名是"行尚书省",作为中枢行政机构尚书省的派出机构,兼管地方军事、行政与外交之权。金朝后期曾设立过临潢、抚州、北京、山东、南京、西京等三十多个行尚书省，其行省首脑由朝廷委派，可以直接听取朝廷政令而处理军国大事。同时，完颜永济还任命西京留守胡沙虎任"行枢密院事"，在山西北部依托原有的界壕、边堡跟蒙古人打防御战，必要时对独吉思忠、完颜承裕进行支援。

独吉思忠，又名独吉千家奴，曾任金国西北路招讨使，以善于构建坚固工事展开防御而著称。其到任前线后，先后调集多达七十五万的士兵和民夫来加固长达三百公里的界壕，并修筑了一系列堡垒，想以此来阻挡蒙古军南下。在独吉思忠看来，重新修缮后的界壕边塞可谓是固若金汤，完全可以御敌于国门之外。然而事实证明这不过是其一厢情愿，蒙古大军只要集中兵力突破一点，这条三百公里长的防线瞬间就会变成毫无意义的摆设。

嘉定四年（1211）七月，经过数月养精蓄锐的蒙古军队终于发起了大规模进攻。成吉思汗命三个儿子术赤、察合台、窝阔台率军三万去攻打西京以牵制胡沙虎部，自己与少子拖雷率七万军队由达里泊（内蒙古自治区克什克腾旗西北部）突入金境内。成吉思汗以哲别、耶律阿海等为先锋，一举攻下了金朝前沿阵地乌沙堡（位于今河北省康保县西土城村南）、乌月营（位于今内蒙古太卜寺旗境内），初战不利迫使金朝临阵易将，永济罢免了独吉思忠改由完颜承裕主持军务。

三、决战野狐岭

完颜承裕，本名完颜胡沙，其军事指挥能力相比独吉思忠更胜一筹。开禧二年（1206），完颜承裕南下伐宋，在秦州以千余骑兵击败宋将吴曦五万军队，并且追击四十里，斩首四千余级，在对宋战争中立下了赫赫战功。鉴于依靠界壕御敌于国门之外的计划已经破产，完颜承裕主动放弃了桓、昌、抚三州，率主力南撤至野狐岭（今河北省张家口市万全区西北）一线，打算凭借着险峻的地形来阻挡蒙古军。

拿下三州之后，蒙古大军马不停蹄，当年八月已逼近野狐岭。金军方面以招讨使纥石烈九斤为主将、蒲鲜万奴为监军、定薛为前锋，完颜承裕领兵为后继，西京留守胡沙虎也奉旨来援，合军三十余万准备与蒙古军在野狐岭决战。在战前会议上，一位契丹军师认为蒙古军刚刚攻下抚州，正在瓜分战利品，全军上下消息闭塞、士卒懈怠，正是攻其不备的好时机，主张以轻骑兵发动突袭。但主帅九斤否决了这个建议，他认为应该依托兵力优势缓慢推进，并以战车列阵的方式阻挡蒙古骑兵冲击。为此，九斤还专门派了一名叫作石抹明安的契丹族将领赴蒙古军中去质问成吉思汗为何兴兵作乱。这番色厉内荏的问责自然没有得到蒙古人任何回复，相反成吉思汗却从明安的来意中准确把握了千载难逢的战机。他立即下令，命正在进餐的部队倒掉锅里已经煮好的食物，全军风驰电掣般开赴野狐岭之下的獾儿嘴山口。

时值黄昏时分，金军正忙着扎营准备防御，却不曾想到兵力处于劣势的蒙古军突然从獾儿嘴山谷中分为两队冲杀了出来，冲在最前面的是蒙古"四杰"之一，被成吉思汗封为"左手万户"的木华黎。大战之前，木华黎曾对成吉思汗进言："彼众我寡，弗致死力战，未易破也。"遂"率敢死士，策马横戈，大呼陷阵"[①]，成吉思汗指挥中军继进，首当其冲的金军胡沙虎部七千精兵被歼灭殆尽，胡沙虎只身仓皇逃跑。

[①] 《元史》卷119《列传第6·木华黎》，中华书局点校本，1976，第2930页。

胡沙虎的溃逃立刻引发了连锁反应,事实上金军人数虽多,但女真、契丹、汉军混杂,人心涣散,面对锐气正盛的蒙古军,金军诸部乱作一团,纷纷逃走,蒙军漫山遍野追杀,金军死者蔽野塞川,伏尸百里。眼看前军已经大溃败,后援的完颜承裕慌忙收拢麾下败兵撤往宣平县(今河北省怀安县东左卫镇西)。见行省大人到来,宣平一带的女真豪酋纷纷来投自愿为金军效力,但完颜承裕已经被蒙古军吓破了胆,连夜带着败军从宣平南逃到了浍河堡(今河北省怀安旧城附近),不久蒙古大军追踪而至,经过三天围困相持后,成吉思汗亲率三千精骑突入敌阵,数万蒙古军随后发起总攻,金兵顿时全线崩溃,被杀伤、俘获者难以计数,主帅完颜承裕只身逃往宣德府。

野狐岭之战是中国古代军事史上以少胜多的典范战例。是役,金军前后丧师二十余万(内有大量民工役夫),主力几乎损失殆尽,再也无力对蒙古发起主动进攻,金强蒙弱的战略局面自此扭转。《金史》评价:"金之亡国,兆于此焉。"[①]复盘此战,可以看到金国方面吸取了开战以来分兵把关、各自为战导致失败的教训,采取了"聚而众"的战略决策,集中了四十万精锐兵力于野狐岭,企图一战而定乾坤。客观来说这个决策并没有错,无奈天时、地利、人和都在成吉思汗这边。从天时看,蒙古刚完成统一,国势蒸蒸日上。而金国承平日久,从章宗开始内忧外患不断,永济上台之后更是讳言边事,军事废弛、人心涣散。从地利看,野狐岭虽然地势险要、易守难攻,然而绵延宽广,数十万金兵分散驻守在各个隘口或山头,互相支援十分困难,一旦蒙军集中优势兵力攻击一点,整条防线就会失去效用。并且金军在退守野狐岭前,主动放弃了桓州、昌

---

① 《金史》卷93《列传第31》,中华书局点校本,1975,第2066页。

州、抚州三座城池,让成吉思汗从三州获取了大量马匹和粮草,极大增强了自身实力。从人和看,成吉思汗雄才大略、用兵如神,木华黎、哲别等诸将智勇兼备,蒙古军队士气高昂,对于金国既有复仇的雄心,又有掠夺的渴望。反观金军将领,无论是完颜承裕、胡沙虎还是九斤,无不畏敌如虎、消极避战,甚至在战前已经想好了逃跑线路。两相对比,金军岂能不败。

野狐岭之战后,蒙古军乘胜攻克德兴府(今河北省怀来、涿鹿、赤城及北京市延庆等地),后又攻破居庸关继而向中都发起进攻。由于金朝守军拼死抵抗,蒙古军连日攻城伤亡惨重,不得已撤兵。进攻中都失利后,成吉思汗并未撤回漠北,而是分兵三路攻掠中原腹地及辽西,"是时,德兴府、弘州、昌平、怀来、缙山、丰润、密云、抚宁、集宁,东过平、滦,南至清、沧,由临潢过辽河,西南至忻、代,皆归大元"[1],"皇子术赤、察合台、窝阔台分徇云内、东胜、武、朔等州,下之。是冬,驻跸金之北境。刘伯林、夹谷长哥等来降。"[2]在进攻金国西京大同时,成吉思汗为流矢所中,不得已撤兵。

嘉定六年(1213),成吉思汗会集大军再入野狐岭,在怀来战胜了完颜纲、术虎高琪率领的金军后追击至居庸关,歼敌无数。因居庸关防守坚固,成吉思汗只留下少数军队攻关,自率主力驰向西南,由紫荆口突入,陷涿、易等州,另遣哲别率精骑奔袭南口,内外夹攻,取居庸关。命术赤、察合台、窝阔台率右路军循太行南下,掠河北西路、河东南、北路,抵黄河;弟哈撒儿、斡赤斤率左路军,掠蓟、平(今河北卢龙)、滦诸州;成吉思汗自与幼子拖雷率中路军,掠河北东路、山东东、西路,亦抵黄河。三路军队像梳

---

[1] 《金史》卷13《本纪第13·卫绍王》,中华书局点校本,1975,第294页。
[2] 《元史》卷1《本纪第1·太祖》,中华书局点校本,1976,第15—16页。

子一样将金国黄河以北所辖八路之地来回梳了一遍，累计攻破九十余郡，所过之处杀戮甚多。至嘉定七年（1214）春，蒙古三路军会合并包围中都，金宣宗被迫献出卫绍王之女岐国公主及大量金帛、战马、童男童女求和，成吉思汗方才引兵退出居庸关。是年五月，金宣宗南迁汴京。成吉思汗闻报又率军南下，至嘉定八年（1215）五月，蒙古军占领中都。嘉定十年（1217）春，成吉思汗封木华黎为太师国王，并授予其九斿白旗，统领札剌亦儿、弘吉剌、亦乞烈思、兀鲁、忙兀五部十二个千户及契丹、女真、乣汉诸军专征金朝。至嘉定十六年（1223）木华黎病故，河北、山东已尽归蒙古。为了弥补损失的疆土，金宣宗不顾蒙古近在咫尺的威胁，竟然又派出军队向南宋、西夏开战，结果兵连祸结，金国国力大伤。嘉定十七年（1224）正月，金宣宗病死，继任的金哀宗完颜守绪虽然有志中兴，但面对江河日下的时局却也无力回天。端平元年（1234）正月初十，蒙宋联军攻破蔡州，金哀宗自缢而死，临死前将帝位传于将领完颜承麟（金末帝），但完颜承麟很快也死于乱军之中，至此金朝灭亡，共传十帝，享国119年。

附：

成吉思汗生平大事纪表：

时间	年号	事件
公元 1162 年	南宋绍兴三十二年、金大定二年	孛儿只斤·铁木真出生于蒙古乞颜部
公元 1171 年	宋乾道七年、金大定十一年	铁木真父亲也速该在送铁木真定亲返程途中被塔塔尔部毒死
公元 1178 年	宋淳熙五年、金大定十八年	铁木真一家被部族抛弃，开始艰苦的童年生活
公元 1180 年	宋淳熙七年、金大定二十年	铁木真妻子孛儿帖被蔑儿乞部掳走长达九月
公元 1181 年	宋淳熙八年、金大定二十一年	铁木真会同克烈部脱斡邻汗、札答阑部首领札木合联兵重创蔑儿乞部，夺回妻子
公元 1183 年	宋淳熙十年、金大定二十三年	铁木真与札木合分营，从此反目成仇
公元 1189 年	宋淳熙十六年、金大定二十九年	铁木真在蒙古乞颜部称汗
公元 1191 年	宋绍熙二年、金明昌二年	成吉思汗与札木合所率十三部联军展开十三翼之战，战败，诸部来附，实力壮大
公元 1196 年	宋庆元二年、金明昌七年	铁木真与克烈部联军助金军大败塔塔尔部，获封札兀惕忽里（招讨使）
公元 1201 年	宋嘉泰元年、金泰和元年	阔亦田之战中，铁木真与克烈部联军击败札木合十二部联军，后灭泰赤乌部
公元 1202 年	宋嘉泰二年、金泰和二年	灭塔塔尔四部，占据呼伦贝尔大草原
公元 1203 年	宋嘉泰三年、金泰和三年	被王汗发兵突袭，败退至班朱尼河；后乘王汗不备，偷袭其牙帐，灭克烈部
公元 1204 年	宋嘉泰四年、金泰和四年	与乃蛮部决战，灭乃蛮部
公元 1205 年	宋开禧元年、金泰和五年	灭乃蛮残部、蔑儿乞部、札答阑部，统一蒙古草原

续表

时间	年号	事件
公元 1206 年	宋开禧二年、金泰和六年、元太祖元年	建立大蒙古国（也客·忙豁勒·兀鲁思），被尊为成吉思汗，颁布大扎撒令，分封 95 千户，设札鲁忽赤，掌行政司法诸事
公元 1207 年	宋开禧三年、金泰和七年、元太祖二年	征服斡亦剌、秃麻等林木中各部落（今贝加尔湖一带）
公元 1209 年	宋嘉定二年、金大安元年、元太祖四年	收降畏兀儿，之后入侵西夏，西夏献公主求和
公元 1211 年	宋嘉定四年、金大安三年、元太祖六年	降服阿力麻里等部，同年率军十万南下伐金，于野狐岭之战消灭金军四十万，打开通往中原的门户
公元 1213 年	宋嘉定六年、金至宁元年、贞祐元年、元太祖八年	蒙古军兵分三路扫荡华北诸地，攻破金国九十余城，金国献岐国公主，后退兵
公元 1215 年	宋嘉定八年、金贞祐三年、元太祖十年	蒙古军攻占金朝中都
公元 1217 年	宋嘉定十年、金贞祐五年、元太祖十二年	成吉思汗以木华黎为太师国王，领兵十万继续经略华北并主持伐金之战，自己率主力北返。同年，蒙古降服高丽
公元 1218 年	宋嘉定十一年、金兴定二年、元太祖十三年	蒙古灭西辽国
公元 1219 年	宋嘉定十二年、金兴定三年、元太祖十四年	因西域花剌子模国杀蒙古商队，发起第一次西征，灭花剌子模国，征服中亚广大地区
公元 1225 年	宋宝庆元年、金正大二年、元太祖二十年	蒙古军返回草原，第一次西征结束
公元 1226 年	宋宝庆二年、金正大三年、元太祖二十一年	成吉思汗南征西夏

续表

时间	年号	事件
公元 1227 年	宋宝庆三年、金正大四年、元太祖二十二年	成吉思汗病逝于六盘山下,同年西夏灭亡
公元 1265 年	宋咸淳元年、元至元二年	上庙号太祖
公元 1266 年	宋咸淳二年、元至元三年	上谥号圣武皇帝
公元 1309 年	元至大二年	加谥号法天启运圣武皇帝

蒙金战争纪表：

时间	重要战役	结果
公元 1211 年（金大安三年,元太祖六年）	蒙古军南下伐金、边塞堡之战、野狐岭之战	金军大败,前后被歼灭四十余万人
公元 1213 年（金贞祐元年,元太祖八年）	蒙古三路攻金之战	蒙古军兵分三路扫荡华北,攻破金国九十余城,成吉思汗一路先后夺取居庸关、紫荆关,克涿州,攻中都。金国献岐国公主,成吉思汗后撤兵
公元 1214 年（金贞祐二年,元太祖九年）	蒙军包围中都、木华黎进攻辽东	蒙将三摸合拔都、石抹明安等率军从古北口入长城,会合纠军围攻中都,又命木华黎率军进攻辽西、辽东,中都粮尽援绝
公元 1215 年（金贞祐三年,元太祖十年）	蒙军攻占中都	金中都主帅完颜承晖服毒自杀,副帅抹捻尽忠潜逃,余众以城降,蒙古军占领中都
公元 1217 年（金兴定元年,元太祖十二年）	木华黎伐金	成吉思汗封木华黎为太师、国王,全权统率蒙古、纠、汉诸军攻金,成吉思汗则率领主力军西征。木华黎重用降附蒙古的汉族豪帅,先后攻取辽西、河北、山西、山东各地数十城

七、塞马嘶鸣叹兴亡——蒙金野狐岭之战记略

续表

时间	重要战役	结果
公元1222年（金元光元年、元太祖十七年）	木华黎攻略山西、陕西	八月，木华黎转攻被金朝收复的太原府。十月，蒙古军围攻河中府。冬，蒙古攻长安、凤翔，未克
公元1223年（金元光二年、元太祖十八年）	孛鲁征金	当年，木华黎病卒军中，其子勃鲁袭职，命将领史天泽击败武仙，夺占河北大片地区
公元1227年（金正大四年、元太祖二十二年）	成吉思汗病逝	四月，正在进攻西夏的成吉思汗见夏亡已成定局，遂挥师入金境，连破临洮等地。七月，成吉思汗病卒于清水县。临终时遗命："金精兵在潼关，南据连山，北限大河，难以遽破。金急，必征兵潼关。然以数万之众，千里赴援，人马疲惫，虽至弗能战，破之必矣"
公元1230年（金正大七年、元太宗二年）	大昌原之战	金军在大昌原（今甘肃省宁县西南）破蒙古军八千之众，窝阔台决意亲征
公元1231年（金正大八年、元太宗三年）	倒回谷之战、蒙军三路伐金	正月，完颜陈和尚败速不台于倒回谷。二月，蒙古军攻破凤翔。五月，窝阔台召集众将商议灭金战略。秋，蒙古军三路出师，东路由斡陈那颜率领，出济南从东面牵制金军；中路由窝阔台亲率，从正面威逼南京；西路由拖雷率领，从凤翔南下，过天险饶凤关，在均州一带北渡汉水，进兵河南腹地，从侧后威逼南京
公元1232年（金天兴元年、元太宗四年）	三峰山之战	拖雷率西路军近四万人于金援兵必经之地钧州西南三峰山一带设伏，时逢连降大雪，金军人马疲惫，拖雷以不足五万兵力，发起三峰山之战。此战，蒙古军歼灭金军精锐十五万，俘杀金帅完颜合达、移剌蒲阿

143

续表

时间	重要战役	结果
公元1233年（金天兴二年、元太宗五年）	汴京之战、围攻蔡州	汴京守将崔立向蒙古军投降。八月，蒙古与南宋达成联兵灭金协议。九月，塔察儿率蒙古军围攻蔡州，屡败金军。十一月，南宋应约遣孟珙率军两万、运米三十万石，与蒙古军会师蔡州城下，联兵攻城
公元1234年（金天兴三年、元太宗六年）	金朝灭亡	正月初十，金哀宗传位于末帝完颜承麟。十一日，宋军、蒙古军破城，哀宗自缢，承麟被杀，金亡

参考文献

[1]（法）勒内·格鲁塞：《活着就为征服世界：蒙古帝国史》，光明日报出版社，2015。

[2]（宋）郑思肖：《铁函心史》，台北：老古文化事业公司，1981。

[3]（明）宋濂：《元史》卷1，北京：中华书局，1976。

[4]（南宋）赵珙、彭大雅：《蒙鞑备录·黑鞑事略》，内蒙古：内蒙古人民出版社，2012。

[5]（元）脱脱：《辽史》卷34，北京：中华书局，1974。

[6]（元）脱脱：《金史》卷119，北京：中华书局，1975。

[7]（明）宋濂：《元史》卷150，北京：中华书局，1976。

[8]（明）宋濂：《元史》卷119，北京：中华书局，1976。

[9]（元）脱脱：《金史》卷93，北京：中华书局，1975。

[10]（元）脱脱：《金史》卷13，北京：中华书局，1975。

[11] 台湾三军大学：中国历代战争史第13册，北京：中信出版社，2013。

[12] 李湖光：《铁骑战元国·蒙金战争全史》，武汉：武汉大学出版社，2018。

[13] 张帆等：《辽夏金元史：冲突与交融的时代》，北京：中信出版社，2023。

[14] 朱耀廷：《成吉思汗传》，北京：人民出版社，2004。

[15] 周思成：《隳三都：蒙古灭金围城史》，太原：山西人民出版社，2021。

八、君自林木部落来——

蒙古瓦剌部兴衰史及土木堡之役略考

至正二十八年（1368），元末农民起义军领袖朱元璋在扫灭了陈友谅、张士诚、方国珍等割据势力后，于当年农历正月初四在应天府（今南京市）登基称帝，定国号大明，建元洪武，是为明太祖。同年八月，明军攻克大都（今北京），元朝残余势力退回至蒙古草原，史称"北元"。为消除北元对新生明朝的威胁，明太祖多次派军远征，陆续平定了辽东、滇黔等地。新生的明朝政治稳定、疆域辽阔、经济发达、人口繁盛，史称洪武之治。至明成祖朱棣时期，其五次北伐蒙古，又派遣郑和七下西洋，国势达到顶峰，被后世誉为永乐盛世。其后的仁宗和宣宗时代，虽然国力依旧强大，但新的危机已在孕育，一个起源于叶尼塞河的偏远部落正在日益壮大强盛，并即将向大明王朝发起强有力的挑战。这个部落便是蒙古部落中的"非主流"，被称为"林木中人"的瓦剌。

一、民族起源

瓦剌，文献记载始见于《蒙古秘史》，史称为"Oyirad"，汉语音译为瓦剌、斡亦剌惕、卫拉特，意为"森林中的百姓"。最初发源于色楞格河下游、叶尼塞河上游和贝加尔湖附近森林地带，其下部落众多，如斡亦剌惕、古儿列兀惕、兀良合惕、秃麻惕、巴尔浑、不里牙惕、贴良古惕、兀儿速惕等，统称为"秃绵斡亦剌惕"，汉意即林木中百姓联盟，即由若干邻近森林部落组成的部落联盟，而非某一具体部落，斡亦剌惕为其中最大一支。斡亦剌惕最早见诸于史籍之活动便是自十三世纪初先后与弘吉剌、塔塔尔、乃蛮、泰赤乌、札答阑等部结盟，参与反对铁木真的部落联盟战争。南宋开禧二年（1206），铁木真统一草原建立大蒙古国，被尊为成吉思汗。为扫除南征金国的后顾之忧，开禧三年（1207），成吉思汗命长子术赤出征林木中百姓。此时的蒙古帝国声望如日中天，斡亦剌惕首领忽秃合别乞主动迎降，并自愿担任蒙古军向导，为术赤征服林木中百姓建立了极大功勋。为表彰其功，成吉思汗将女儿扯扯干嫁给忽秃合别乞的儿子脱列勒赤为妻，将术赤的女儿火鲁嫁给其另一个儿子亦纳勒赤为妻，并把美貌的秃麻惕首领塔尔浑夫人嫁给忽秃合别乞本人。同时还把斡亦剌惕重新划为四个千户，以忽秃合别乞为四千户长，并允许其保留独立军队。从此偏远的斡亦剌惕部落和黄金家族结成了姻亲，在大蒙古国内地位扶摇直上，自身也形成了相对完善和独立的体系。

在随后百余年时间里，伴随着蒙古帝国多次西征，作为从属的斡亦剌惕人也逐渐扩散到天山南北和中亚等地，一路兼并融合了很多蒙古及突厥系部落，自身实力不断壮大，特别是忽秃合别乞家族作为蒙元皇室世代通婚的勋戚，地位尊崇。史籍记载成吉思汗系公主嫁于斡亦剌惕贵族共十六人，斡亦剌惕贵族女尚元室后宫者十二人。凭着这层裙带关系，忽秃合别乞家族始终牢牢地掌握着卫拉特部落联盟的领导权。

随着元朝灭亡，黄金家族汗权式微，经过百年韬光养晦的斡亦剌惕乘机摆脱元庭控制，而明朝史籍中也赋予了斡亦剌惕一个新的称呼——瓦剌。瓦剌与元代的斡亦剌惕部既有继承关系，又有着新的发展和变化。新加入瓦剌的有兀良哈绰罗斯部、阿里不哥后裔辉特部、克烈部后裔土尔扈特部和科尔沁部后裔和硕特部，随着领地扩大和属民的增多，原来的四千户卫拉特发展为"四万户卫拉特"，源于不儿罕山哈勒墩山兀良哈的绰罗斯部替代了忽秃合别乞家族逐渐成为卫拉特联盟（瓦剌部落）的领袖，并在脱欢-也先父子统治时代达到全盛，差点颠覆了整个东亚帝国的格局。

斡亦剌惕—瓦剌与中原交往源远流长，最早可以追溯至成吉思汗时代。据《长春真人西游记》记载，成吉思汗西征之时，在斡亦剌惕人居住区谦州（又译谦谦州，在今俄罗斯图瓦共和国唐努山乌拉以北，叶尼塞河上游地区。原附属于西辽和吉利吉思，术赤平定林木中部落后归属于蒙古汗国）已有上千名汉人工匠从事手工织造业。元朝建立以后，政府将更多来自中原地区的汉人农民和手工业者迁往谦州从事农垦和手工业，这些北迁的汉人为当地的斡亦剌惕部落带去了水利灌溉等先进技术。在长期共同生活中，斡亦剌惕人和汉人之间了解不断加深，也逐渐学会了内地的农耕、陶冶、冶铁等技术，接触到了先进的中原文明，对遥远的中土有了初步认识。

二、统一漠北

自元顺帝妥懽帖睦尔率残兵败将撤回草原后，元朝势力退回塞北地区，史称北元。此时的北元仍然控弦数十万，不断侵扰着明帝国边境。为肃清边患，明太祖屡屡出师北伐，重创了北元政权，蒙古草原逐渐分裂为鞑靼、瓦剌、兀良哈三部。鞑靼即北元政权及其治下游牧于东蒙古草原诸部落的统称，其势力范围东至鄂嫩河、克鲁伦河流域，西至杭爱山、色楞格河上游；北抵贝加尔湖，南至漠南。瓦剌诸部主要游牧于蒙古高原西北部至阿尔泰山一带。兀良哈乃古部名，明初聚居于漠北及辽东边外。洪武年间，明军主要打击对象还是拥有可汗名位的鞑靼部。经过连年征讨，鞑靼部实力和权威已经大为削弱，地处偏远的瓦剌则未受到明军直接打击（洪武时期的史籍《殊域周咨录》中对鞑靼和兀良哈都有单独记载，唯独瓦剌没有单独列传而是附于鞑靼之后，说明此时的明朝对于瓦剌并不了解，双方也没有发生军事冲突）。远离战端的瓦剌部在首领猛哥帖木儿（蒙古名浩海达裕）带领下逐渐走向强盛。根据《蒙古黄金史纲》记载，当时的瓦剌部族已有四万之众，势力雄长西北。洪武二十六年（1393），瓦剌部首领克呼古特乌格齐哈什哈甚至杀掉了当时的蒙古部落大汗额勒伯克汗，可见原本作为北元臣属的瓦剌已经成为了一支不可忽视的政治力量。

到了永乐六年（1408），瓦剌首领马哈木（猛哥帖木儿之子）向明廷称臣纳贡。翌年明成祖册封瓦剌首领马哈木为特进紫金光禄大夫、顺宁王，太平为特进紫金光禄大夫、贤义王，把秃孛罗为特进紫金光禄大夫、安乐王[①]，明朝与瓦剌关系进入了短暂的"蜜月期"。当然促成两者关系和睦最主要的原因也是因为明朝与瓦剌有着一个共同的敌人——鞑靼。此时的鞑靼部在可汗本雅失里和太师阿鲁台的带领下，先后征服了兀良哈三卫、哈密和河西地区，截断了瓦剌和明朝贸易的通道。永乐七年（1409）六月，本雅失里和阿鲁台又率军侵入瓦剌，结果被马哈木击败，之后瓦剌部占领蒙古帝国发祥地和林一带。同年，本雅失里杀死明朝使臣郭骥，并击败了明将丘福率领的北伐军，引发明成祖第一次亲征漠北。永乐八年（1410）二月，明成祖调集五十万大军（实际兵力当在十余万左右）北征。五月，明军行至胪朐河（今蒙古国克鲁伦河，成祖将之更名为"饮马河"）流域，探得可汗本雅失里率军向西逃往瓦剌部，太师阿鲁台则向东逃。明成祖亲率将士向西追击本雅失里，最终在斡难河畔大败本雅失里所部。得胜的明军随即旋师东向于兴安岭一带击败阿鲁台，而本雅失里不久后也被马哈木所杀。之后阿鲁台和马哈木分别拥立哈撒尔后裔阿岱台吉和阿里不哥后裔答里巴为汗，蒙古草原依旧是东西对峙的分裂状态。

在明成祖第一次北伐鞑靼之时，瓦剌虽然依旧保持着臣下礼节

---

① 《明史》卷328《列传第216·外国9》，中华书局点校本，1974，第8497页。

并献出了元朝传国玉玺,但敏锐的朱棣已感受到了瓦剌恭顺态度之下的野心。随着鞑靼势力不断削弱,瓦剌对明朝开始由恭顺转变为狂傲悖慢。永乐十一年(1413)冬,马哈木拥兵三万东渡饮马河,先锋游骑甚至到达明朝边境兴和刺探虚实。为了防患于未然,永乐十二年(1414)三月,明成祖再次亲征。六月七日,当明军抵达忽兰忽失温(今蒙古国乌兰巴托东南)时,马哈木、太平、把秃孛罗已携傀儡大汗答里巴屯兵山上。此战为了与明军一决高下,马哈木几乎出动瓦剌的全部家底包括三万最精锐的重装骑兵,并且每名骑兵还携带从马三四匹,光是战马就不下十万匹。

相比以轻装骑兵为主的鞑靼,瓦剌军虽然人数不多但更为精锐。由于地处西北,瓦剌得以避开明朝的铁器封锁,转而从中亚获得大量铠甲、铁器,从而得以组建了一支数量庞大的重装骑兵部队。瓦剌重装骑兵受帖木儿帝国军队影响,内着全身札甲,配合锁子甲及部分布面铁甲,甚至还有一些板甲加强部件如板札式腿甲、护臂甲和胫甲,其战马也披金属铠甲,有明显的突厥系部落风格。其重装骑兵主要兵器是长矛,每个骑兵腰间还携带一柄短弯刀或一根狼牙棒,作战时骑兵依靠战马冲击力发起雷霆万钧般的冲锋。不仅如此,瓦剌军中还有作为前锋的重型弓骑兵,他们往往在战斗中身先士卒,充当击溃敌军的角色。

虽然强敌已经占据先机,但朱棣毫无慌乱之感,他亲自带领直属精锐铁骑瞭望地形,并派出数名骑兵出阵挑战。见明军叫阵,大批瓦剌骑兵从山顶呼啸而来,狡猾的马哈木企图趁明军远道而来立足未稳之际,利用铁骑一举冲垮明军。未承想朱棣对此早有准备,立即命安远侯柳升领神机营迎战。激战中神机营连发枪炮射击,瞬间就击毙了数百名瓦剌骑兵,火炮火铳发出的巨大声响也吓坏了瓦剌军队的战马,大批瓦剌骑兵跌落马下自相践踏而死。很快瓦剌前锋已有了溃败迹象。之后，武安侯郑亨、成山侯王通等先后率兵攻击瓦剌右翼，丰城侯李彬、都督谭青、马聚等率兵攻击瓦剌左翼，双方重骑兵激烈搏杀互有死伤。就在战局白热焦灼之际，朱棣亲率数千直属骑兵直冲瓦剌中军。直属骑兵是明军最精锐的骑兵，分为重型弓骑兵和重装重甲的铁甲骑兵，不仅将士身经百战，就连配备的战马也是精挑细选，已经精疲力尽的瓦剌军在遭到这支锐气正盛的生力军冲击后终于无力支撑，开始全线溃败。明军见瓦剌后退顿时士气大振，随即转入追击，连步兵都开始投入战斗，"杀其王子十余人，斩虏首数千级"，"尽收其牛羊驼马十余万而归"[①]。随后明军一直追击到土剌河（今蒙古国中部图拉河），马哈木、太平等仅以身免。在班师途中，朱棣亲自撰写了《班师诏》：

朕不得已，躬率六师讨之。师至撒里怯儿之地，贼逆战，一鼓败之，迫至土剌河，贼首答里巴、马哈木、太平、把秃孛罗不度智能，扫境而来，兵刃才交，摧枯拉朽，追奔逐北。兽狝禽戮，杀其名王以下数千人，余虏宵遁，遂即日班师。[②]

忽兰忽失温之战对于瓦剌影响深远，此战瓦剌精锐几乎全军覆没。在战败后的第二年，马哈木、太平、把秃孛罗便联袂遣使向明廷谢罪。两年之后，马哈木、答里巴、乌格齐哈什哈等相继死去，夙敌鞑靼趁机大举来犯，瓦剌无力抵挡只能求助于明朝，此后近35年时间里瓦剌与明朝之间未发生大规模战事。

为安抚瓦剌并制衡再度强盛的鞑靼，永乐十六年（1418），明成祖册封马哈木之子脱欢为顺宁王。之后的永乐二十年、二十一年、二十二年明成祖又三次亲征鞑靼，鞑靼损失惨重。野心勃勃的脱欢抓住这个天赐良机，于永乐二十一年（1423）夏在饮马河大败

---

① 《明史》卷328《列传第216·外国9》，中华书局点校本，1974，第8497页。
② （明）杨士奇等：《大明太宗文皇帝实录》卷152，北京大学图书馆馆藏，第2542页。

阿鲁台，鞑靼部被打得四散奔走。在消除鞑靼威胁后脱欢回过头来整合瓦剌内部各方势力。永乐二十二年（1424），脱欢先后除掉了太平、把秃孛罗，至宣德元年（1426），脱欢已经征服了土尔扈特、和硕特等部，基本统一了瓦剌部落联盟。宣德六年（1431）春，脱欢再次大败鞑靼部阿岱汗和阿鲁台，逼得鞑靼余部远徙辽东。虽然此时瓦剌已经在军事上完全压倒了鞑靼，但蒙古诸部仍拥护有着成吉思汗黄金家族血统的阿岱汗为正统。为了弥补政治上的劣势，宣德七年（1432），脱欢拥立成吉思汗后裔脱脱不花为蒙古大汗，自立为太师。宣德九年（1434）七月，瓦剌攻灭阿鲁台，阿岱汗余部逃至陕西、甘肃一带。至正统三年（1438）九月，瓦剌攻杀阿岱汗并统一了整个蒙古草原。

统一蒙古之后的瓦剌积极征服和吞并周边部落，其疆域鼎盛之时西北起额尔齐斯河上游直抵巴尔喀什湖，北连叶尼塞河上游，东至呼伦贝尔草原一带并控制了女真诸卫和朝鲜，向南直抵长城。屡战屡胜的脱欢一度想自立为汗，但在正统四年（1439）却突然暴毙。脱欢之死在蒙古史籍记载中颇有神秘色彩。传说有一天脱欢骑着马来到成吉思汗陵前，用剑劈其帐壁并扬言要取代成吉思汗成为全蒙古大汗。他的言行惹怒了挂在陵寝帐壁上箭袋中的弓箭，弓箭发出响声，脱欢背上应声出现了箭伤，惊慌的人们看到箭袋中有一支箭还在颤动，箭头上沾着鲜血。这显然是一则带有神话色彩的传说，却也反映出当时脱欢虽想称汗但又受到只有黄金家族后裔才能继承汗位的传统观念制约，最终未能如愿的历史事实。脱欢死后其子也先嗣位，自号太师淮王，明朝也将迎来建国之后最大的一次危机和挑战。

三、土木惊雷

进入也先时代，瓦剌持续发展壮大，原本和明朝有限的贸易交往已经无法满足其在经济上的需求，迫切需要扩大贸易范围。政治上也先也不再以"朝贡部落"自称，而是自称"北朝"，称明朝为"南朝"。军事方面，早在脱欢时代瓦剌便已开始零星袭扰明朝边境。至也先时终于酿成了震惊中外的"土木堡之变"。

战争的导火线发端于双方的贸易纠纷。瓦剌和历史上所有草原民族一样，单一的游牧经济使其迫切需要同中原地区开展贸易以换取自己不能生产的各种必需品。《万历武功录》记载："锅瓮针线之具，缯絮米蘖之用，咸仰给汉。"[①]明朝政府便利用蒙古各部这一弱点，采取了扶此抑彼、自相削弱的政策加以控驭。于是瓦剌和明朝之间便产生了特殊的经济政治关系——朝贡。朝贡包括称臣、进贡、贸易三个基本程序，洪武三十五年（1402）八月，明成祖继位后即遣使颁诏晓谕和林、瓦剌等诸部酋长。永乐元年（1403），明廷遣镇抚答哈帖木儿等持敕书往瓦剌部招谕马哈木、太平、把秃孛罗等。永乐六年（1408）十月，马哈木等遣官向明廷供马，并由明廷赐予封爵印信，自此双方确定了臣属关系，马哈木死后脱欢也承袭了顺宁王爵位。对于前来归附的瓦剌贵族与百姓，明廷也视情节封官授爵或予以安置，正统初年仅居住在北京的瓦剌人就有万余。正统四年（1439）脱欢去世，也先不再向明朝请求袭爵，但其部属中受明封爵者为数不少。

进贡则是瓦剌和明廷之间经济联系的主要形式。瓦剌诸部主要

---

① （明）瞿九思：《万历武功录（中三边一·二）》，中央民族大学出版社2008年版，第60页。

向明朝朝贡马匹、骆驼、皮张、玉石、海青等物产，明朝则以"给赐、回赐"作为酬答。凡瓦剌诸王、一等至四等头目以及使团的一等至四等使臣均有给赐，给赐物品包括彩缎、绢、纻、衣帽、靴袜等。另计算所贡方物，给予相应的彩缎、纻丝、绢以及折钞绢等，称回赐。瓦剌贡使大体是每年十月由大同入境，十一月到达北京，参加正旦朝贺，次年正月离京。马哈木时代瓦剌朝贡贸易规模不大。至脱欢时代朝贡人数及贡马数量开始增多。到了也先时代，除正统十四年（1449）因与明朝发生战争没有通贡外，每年贡使人数少则数百多则数千，所带马驼数以万计。以景泰三年（1452）为例，当时也先遣使三千人贡马驼四万匹。仅正统、景泰年间（1436—1456）二十年里，瓦剌便向明廷派出贡使团四十三次，常常前使未归、后使踵至，出现使臣络绎不绝，驼马金帛器服连绵不断迭贡于廷的繁忙景象。如此大规模的朝贡贸易让明朝也付出了巨大代价。首先是给赐，如永乐、宣德年间赐瓦剌顺宁王彩缎十匹，妃五匹，头目一等者五匹，二等至四等四匹，外有加赐、回赐等。对来北京朝贡的瓦剌使团除了由京师会同馆提供食宿之外，沿途官驿也须按站接应，所需开支超出寻常。据统计仅大同一地每年往来解送及提供食宿就要消耗牛羊三千余只、酒三千余坛、米麦一百余石，鸡鹅花果诸物不计其数，折算下来一年里馈赠费用超过三十余万两白银。

　　比通贡贸易所造成的财政负担更严重的是兵器流出。由于明廷公开严禁向蒙古诸部出售兵器，导致边关走私猖獗屡禁不止，特别是守边官吏利用与瓦剌贡使接触之便，带头进行走私贸易。如大同镇守太监郭敬"递年多造铜铁箭头，用瓮盛之，与瓦剌使臣。也先每岁用良马等物赂（王）振及敬以报之"[①]。上层如此，在京及沿途

[①]（明）孙继宗：《大明代宗皇帝实录》卷5，北京大学图书馆馆藏，第5页。

官军民等更肆无忌惮。"瓦剌贡使至京，官军人等无赖者以弓易马，动以数千，其使得弓，潜内衣衫，遇境始出""瓦剌使臣多带兵甲弓矢铜铳诸物。询其所由，皆大同宣府一路贪利之徒，私与交易者"[1]。通过走私，大量武器流入瓦剌之手，直接威胁到明朝的国防安全。

正统十二年（1447），瓦剌使臣谎报使团人数企图冒领赏赐，明廷查明之后仅以实数给之，凡虚报人数均不承认。也先闻讯大怒，遂以此为由在正统十四年（1449）发动了对明朝的全面战争。为了试探明朝虚实，也先首先唆使兀良哈和女真诸卫袭击明朝辽东边境，广宁沿边屡报烽烟。当年七月，瓦剌数路大军分道入寇。也先亲率主力入侵大同，在猫儿庄（今内蒙古自治区丰镇市东北）一带击败明军并斩杀明右参将吴浩。大汗脱脱不花偕兀良哈部入寇辽东，阿剌知院入寇宣府，并遣别部入寇甘州。面对外敌入侵，年轻的明英宗朱祁镇希望效法先祖建立赫赫武功，于是在亲信太监王振怂恿下轻率地作出了亲征决定，从而拉开了土木堡之战序幕。

土木堡之战结果已无须赘述，但这次大战也给后人留下了许多谜团，其中最令人困惑的无疑是双方兵力悬殊但结果却出人意料。流传最广的说法是明英宗率领的五十万明军被两万瓦剌军击败，这个说法已被各种文献转载记录，似乎言之凿凿，由此引申出明军不堪一击的观点。但是即便明军再无能，瓦剌再强悍，仅凭两万人马真的能全歼五十万大军吗？不妨让我们来探究一番：

关于土木堡之战明军参战数量，在明、清官方正史如《明实录》《明史》中均无记载，明代的《否泰录》《国榷》《北虏考》，清代的《明史纪事本末》写作"五十余万人"，《古穰杂录》《西园见

---

[1] （明）孙继宗：《大明代宗皇帝实录》卷5，北京大学图书馆馆藏，第12页。

闻录》《明书》等记为二十万人,各种记载不一,不过参考明帝国兵员总数倒是可以推敲出些许端倪。洪武二十六年(1393),明帝国共有329个卫所,至明成祖时代卫所增加到493个,一个卫所兵额一般为5600人,总兵力共计2760800人。而明军在京畿附近的武装力量主要是京营和畿内卫所兵,明成祖时设立了京营七十二卫,兵员在40万规模,而卫所军也有二十余万。到了宣德年间,明朝又确立了班军制度,自宣德元年(1426)起,每年都会征调河南、山东、大宁都司、中都(凤阳)留守司、直隶淮阳等卫所及宣府军士到京师备操。备操军分春秋两班,每班8万人,两班满额共16万人,所以得名"班军"。由此来看,明帝国京营额军人数当有四五十万人,似乎出动50万大军也是顺理成章,但是以上数据仅是额定兵员数并非实际兵力。比如明成祖时期京营的五军营中每军步骑二万,合计10万上下。到宣德时期因为历次抽调备边等原因,五军总存5.7万余人,可见实际兵力相差巨大。

那么到明英宗亲征之时,京营人数还有多少呢?据明人叶盛《水东日记》所载,正统十四年土木堡之战前夕,明五军都督府并锦衣卫等卫官旗军人应有3258173名,实有1624509名,缺员1633664名(此为全国兵力)。锦衣卫等三十五卫应有294117名兵员,实有159871名(此为京城兵力)。加上后军都督府划归京营管辖的三十九个卫所,额定兵员总数是195000人。也就是说按照书面额定兵力,京营总数是48万人,但实际只有一半在岗。

需要指出的是,即使按照纸面的48万兵力也不全是战兵。明朝初年百废待兴,急需与民休息发展社会生产。以当时的情况如果课税养军将会使国家经济不堪重负,于是明太祖便下令各卫所就地屯田,卫所军士自己屯田耕种以为军饷,称为屯田制。卫所军士通称为旗军,旗军又分为屯军和守军,屯军专务屯田,守军专务操练及对敌。京营之中,操练而不屯田的战兵满额人数应为14.6万余人,这与《明实录》中正统二年(1437)记载的三大营满额兵员数量大体相当。由此可知京营战兵满额总人数当为战兵14万余加上班军8万余人,大约22万,当然这也是纸面满额兵力,实际远远不到。但即使按照20多万来测算,明军也无法全部随明英宗亲征。正统十四年(1449)六月底,明英宗令太保成国公朱勇选拔京营精锐4.5万人操练待命,随着边防形势急剧恶化,又命平乡伯陈怀、驸马都尉井源、都督耿义、毛福寿、高礼,太监林富率其中3万军队前往大同,都督王贵、吴克勤率剩余1.5万军队前往宣府,以抵御瓦剌迫在眉睫的侵略。说明在土木堡之战前夕,京营就已派遣了4万多人前往备边,留守京城的战兵已经不足20万人。而从英宗宣布亲征到出发,明军"高效"地只用两天时间就"完成"了动员、粮草、军械等一系列准备工作。可见从京师以外的卫所征调兵马根本来不及,就此我们可以大致推测,土木堡之战明军兵力不会超过20万,约在十五六万左右。

当然,就算土木堡之战明军只有十五六万,但被两万瓦剌军打得四散奔逃,最后十多万大军一战而溃,也算是明朝建国以来的奇耻大辱了。那么瓦剌军是否真的只有两万骑兵?关于土木堡之战瓦剌两万兵力的数据最早是出自《否泰录》,后世的资料多依此记载。事实上,瓦剌南侵大军数量远超于此,在《蒙古源流》清译版本中,有这么一段记载:"脱欢太师之子额森(即也先)……遵其父遗言杀蒙郭勒津之蒙克拜。本日带领都沁·都尔本二部落行兵于汉地。"[①]这里提到了一个讯息,就是也先南侵之时所统兵马为都沁·都尔本二部。清朝入关前外喀尔喀蒙古与厄鲁特蒙古曾有过一

---

① 道润梯步译校:《蒙古源流新译校注》,内蒙古人民出版社2007年版,第221页。

次重要会盟,产生了一个著名的"喀尔喀—厄鲁特法典",法典的另一个名字便是《都沁·都尔本法典》。"都沁"的意思是"四十","都尔本"的意思是"四"。"都沁·都尔本"即"四十四"。之所以这样称呼这部法典,是因为传统上认为成吉思汗时代的蒙古本部有四十个万户,于是"四十"这一名称就成为由黄金家族后裔统治下东蒙古(包括喀尔喀蒙古)的代名词;而"四"指的是非黄金家族后裔统治下的西蒙古厄鲁特四部——土尔扈特、杜尔伯特、和硕特、准噶尔。因此,"都沁·都尔本"(四十四)这个数字就意味着东、西蒙古全部人口,泛指全蒙古有四十四万户。假使一户出丁一名就可达到四十四万大军规模(当然此为夸大之数,但四户出一丁,动员十万以上军队则无问题),按照朝鲜《李朝实录》记载,瓦剌征服女真时一度出动过十万兵力。在马哈木时期,瓦剌就能出动三万铁骑,至正统年间也先已经统一全蒙古,草原诸部乃至兀良哈、哈密、沙州、女真等皆臣服于瓦剌,可见如果也先全力动员南侵的兵力绝不会低于十万人,那么土木堡之战中瓦剌具体投入了多少兵力呢?虽然鲜有史料留传,但我们可以通过后来的北京保卫战回头推测瓦剌兵力。

前文提到也先分军四路大举入寇明朝边境。其本人率领三万骑兵浩浩荡荡开向大同,此外还有脱脱不花汗领兵三万入侵辽东,阿剌知院领兵两万进犯宣府,还有一支数千人的小部队在西面威胁甘州,以上四路合计出兵八万余人,同时扑向明朝的四处边防重镇。而就在朱祁镇离开京城的前一天,总督大同军务的西宁侯宋瑛和总兵官武进伯朱冕等已经在阳和口(今山西省阳高县西北一带)与也先所部发生了大规模交战。作为边防重镇大同平时就驻有数万兵力,六月以来还补充了京营增援的三万人,所以宋瑛等人要集结一支与也先规模相仿的部队应该并不是非常困难,但交战结果却是明军几乎全军覆没，宋瑛和朱冕双双战死，监军太监郭敬只身躲在草丛里才逃过一劫。宋瑛和朱冕都出身于武将世家，成年后一直在军中任职，绝非一般纨绔子弟，他们的败北只能说明此时的明军无论是边防部队还是号称精锐的京营，兵员素质已与瓦剌有不小差距。

　　七月十六日，英宗大军从北京出发，至八月一日抵达大同。阳和口之战幸存的太监郭敬赶紧向王振汇报战况，直到这时明军上下才意识到前方的巨大危机并开始考虑撤退。但在选择撤退路线时，明英宗又犯了严重错误。最初为尽快离开危险区域，君臣商定从紫荆关方向回到北京，但不知出于何种原因大军走到半路又改道从宣府返回。这一变更非常致命，八月十二日，京营刚从宣府出发就得到瓦剌军队追击而来的报告，明英宗即命恭顺侯吴克忠率军迎战。吴克忠原是蒙古人，早年曾多次随明成祖北征蒙古，也是一位久经战阵的老将。但此时面对来势凶猛的瓦剌军，这位老将也招架不住。至傍晚时分，吴克忠战败的消息传回明军营中。明英宗又派成国公朱勇和永顺伯薛绶领兵四万迎战。朱勇作为靖难名将朱能之子不但参与过明成祖北伐，还长期负责京营日常事务，当时已是明朝上下最受倚重的将领。但在鹞儿岭附近，明军中了瓦剌埋伏，包括朱勇在内的四万大军几乎全部战死，可见明军在抵达土木堡之前已经损失了大量军队。

　　八月十三日，明英宗车驾抵达土木堡（今河北省张家口市怀来县境内的一处城堡），而南侧十五里的河川已经被之前攻打宣府的瓦剌阿剌知院部占据。前有堵截后有追兵，明军陷入了在劫难逃的境地。可能有人会问，阿剌知院只有两万兵力，明军为什么不敢攻打他们？莫非纯粹是被瓦剌人吓破了胆吗？这是因为皇帝手下的军队也已所剩无几了。前文已述，明英宗时期京营已缺额严重，即使皇帝亲征能调动的军队也只有十五六万人左右，而土木堡之前的三

159

次大战又损失了大量兵力。保守估计此时剩余的明军还不到八万人。反观瓦剌方面，也先和阿剌知院两军会合后已经有了近五万人，况且瓦剌军主要是骑兵而明军却有相当数量的步兵，加上此前数战皆败，明军士气低落，已经丧失了继续决战的勇气。

战役一开始，面对固守堡垒的明军，瓦剌军也没有太好的进攻办法。但时值盛夏，明军急需水源供给。为此，也先假意答应退兵，引诱明军离开工事前往南侧的河边饮水。结果干渴已久的士兵们争相饮水，队伍顿时大乱，瓦剌铁骑乘机发起突击，明军转瞬间就被冲得溃不成军，英国公张辅、泰宁侯陈瀛、驸马都尉井源，都督梁成、王贵，尚书王佐、邝野，学士曹鼐、张益等许多重臣大将都死在乱军之中。明英宗见突围无望，索性跳下马来面向南方盘膝而坐，不久就被瓦剌军生擒，至此土木堡之战也落下了帷幕。此战明军前后丧师数万，文武官员死伤数十人，战马衣甲器械辎重损失无数，最为精锐的三大营部队亦随之毁于一旦。

土木堡之变的消息传回京城，明朝满朝震动。吏部尚书王直等拥立郕王朱祁钰即位为帝，遥尊朱祁镇为太上皇。也先则挟持着朱祁镇继续南侵，至十月已抵京师城下。随后明军在兵部尚书于谦率领下成功抵御了瓦剌多次进攻。到十一月初，也先眼见攻破北京无望只能撤兵，历时近一月的北京保卫战结束。次年，明英宗也被释放回国，并于景泰八年（1457）复辟成功。而取得土木堡之战胜利的也先则除掉了黄金家族系大汗脱脱不花和阿噶巴尔济，并在景泰四年（1453）秋自立为"田盛大可汗"，建号"添元"，成为非黄金家族成员而称汗的首人，实现了其父脱欢在世时未能完成的志向。

称汗后的也先致信明廷，表达了其继承了元朝天命，尽有其国，并愿与明朝通好交往的意愿。但明廷在回书中仍称其为瓦剌可汗，绝不承认其代表元朝正统。在蒙古诸部甚至瓦剌内部，也先称汗的举动也引起了各方激烈博弈。曾经与其一起入侵明朝的阿剌知院想谋求太师之位而被也先拒绝,最终与也先反目成仇。景泰五年(1454),阿剌知院发兵攻杀也先,一代枭雄凄惨落幕。也先死后,瓦剌逐渐走向衰弱,东方的鞑靼乘机反攻,瓦剌余部被迫向西迁移,之后逐渐分裂为准噶尔、和硕特、土尔扈特、杜尔伯特四部卫拉特。至清顺治三年(1646),和硕特、准噶尔、杜尔伯特、土尔扈特等卫拉特四部首领联名上书臣服于清朝。后来,准噶尔部起兵反叛,清朝历经康、雍、乾三代方才将其彻底击败。从此卫拉特完全纳入了清朝版图,成为中华民族牢不可分的一部分,此乃后话。

附：

瓦剌汗国首领列表（至明末哈喇忽剌）：

名号	在位时间	标志事件
孛罕（太师）	？—13世纪末	—
乌林台巴达（太师）	？—13世纪末	—
猛可帖木儿，又名浩海达裕（浩海太尉）	？—1409年	挑唆蒙古额勒伯克汗杀弟占媳，后被额勒伯克汗杀死
乌格齐哈什哈	1403—1408年	杀额勒伯克汗，导致东、西蒙古分裂
马哈木（太师）	1409—1416年	统一瓦剌三部，受明封为金紫光禄大夫、顺宁王。杀死鞑靼本雅失里汗，另立答里巴为可汗，攻占和林并挑衅明朝，后大败于忽兰忽失温
脱欢（太师）	1416—1439年	袭封顺宁王，向东攻杀鞑靼太师阿鲁台、阿岱汗，基本统一全蒙古，立脱脱不花为可汗
也先（太师）（大元田盛可汗）	1439—1454年	自称太师、淮王，统一整个蒙古草原，向西征服沙洲、哈密，向东压迫女真、朝鲜，发动对明朝侵略战争，并于土木堡之役中俘虏明英宗，次年进攻北京受挫。先后杀掉黄金家族系脱不花汗、阿噶巴尔济汗，自立为大元田盛可汗（非黄金家族系称汗首人），后死于瓦剌内讧
阿失帖木儿（准噶尔始祖额斯墨特达尔汉诺颜）（太师）	？—1478年	也先次子，也先称汗时被封为太师。天顺、成化年间，率部众驻居漠北，多次遣使向明廷朝贡，部属受封爵者凡五十余人。屡次击败鞑靼首领孛罗乃王、毛里孩等，鞑靼不敢觊觎漠北
克舍	1478—1486年	阿失帖木儿子，父死继太师位，曾遣人招降邻部及朵颜三卫，并欲与东蒙古满都古勒汗联合，进攻明边。成化二十年左右，因东蒙古小王子常为边患，遣人与明廷进行联系

续表

名号	在位时间	标志事件
养罕	1486—1495 年	克舍子,父死继太师位,统辖绰罗斯部,拥兵七千人,屡以兵扰掠赤斤、罕东,并与叔阿力吉多合兵谋犯甘肃。弘治八年,应明甘肃巡抚许进之约,联兵击吐鲁番,率属众及邻部共四千骑,大败吐鲁番于乞合哈剌兀之地,中流矢死
卜六阿歹	1495—?	养罕子,父死袭太师位,遣弟赛罕王至甘肃巡抚许进营,商议联兵击吐鲁番事宜,助明军收复哈密。正德十二年,因土鲁番攻肃州,应甘肃守臣陈九畴之约,率众袭破土鲁番三城,杀掳万计,以功受明廷赏赐。次年,贡驼马于明。嘉靖十九年(1540),因屡遭土鲁番袭击,兵败向明廷求援
翁郭楚	约1541—1558 年	卜六子,父死统领瓦剌,后归附于鞑靼土默特部俺答汗
布拉台吉	不详	翁郭楚子,在位时瓦剌先后败于土默特部和喀尔喀阿拉坦汗国,在四卫拉特内部,绰罗斯氏盟主地位也让渡于和硕特部
哈喇忽剌	17 世纪初—1634 年	布拉台吉子,瓦剌(卫拉特)绰罗斯氏准噶尔部首领,在位期间多次反击喀尔喀蒙古阿拉坦汗王朝,在卫拉特四部(和硕特、准噶尔、杜尔伯特、土尔扈特)中树立了威望。1623 年,四卫拉特一起进攻阿拉坦汗王朝,其后哈喇忽剌开始统一卫拉特。1628 年,土尔扈特部被迫西迁。1629 年,和硕特首领固始汗与哈喇忽剌再次进攻阿拉坦汗王朝得胜,卫拉特人完全控制天山草原。1634 年,哈喇忽剌去世,传位于长子巴图尔珲台吉,其孙即噶尔丹

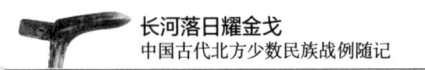

参考文献

[1]（清）张廷玉：《明史》卷328，北京：中华书局，1974。
[2]（明）杨士奇等：《大明太宗文皇帝实录》卷152，北京：北京大学图书馆馆藏。
[3]（明）瞿九思：《万历武功录（中三边一·二）》，北京：中央民族大学出版社，2008。
[4]（明）孙继宗等：《大明代宗皇帝实录》卷5，北京：北京大学图书馆馆藏。
[5]道润梯步：《蒙古源流新译校注》，呼和浩特：内蒙古人民出版社，2007。
[6]（明）严从简：《殊域周咨录》，北京：中华书局，1993。
[7]指文烽火工作室：《明帝国边防史》，长春：吉林文史出版社，2015。
[8]白翠琴：《瓦剌史》，桂林：广西师范大学出版社，2006。

九、重重关山度若飞——

鲜卑民族迁徙的壮烈之歌

著名民族学者冯家升认为"鲜卑—西伯利亚"这两个概念之间有语音的关联。尽管这只是史学界的一个大胆猜想,但围绕这个猜想延伸出一道跨越千年的因缘际会,令人为之神往和振奋。

大约公元三世纪中叶,在呼伦贝尔大草原以北的莽莽林海之间,一个古老的民族正跋涉穿行在这片静谧的土地之上。这个民族起源于大兴安岭北麓,长期以渔猎为生,没有文字,只是通过刻木结绳这种原始的方式来传递生活讯息。传说中,有一头奇异的瑞兽带领他们走出了深山密林,跨过大泽戈壁,翻越重重关山阻隔,一路迁徙来到了长城之外。当时中原大地上正处于魏、蜀、吴三国鼎立时代,彼此征战不休,无暇北顾草原。这个民族乘机占据了匈奴故地阴山一带,并在蒙古草原的水草繁衍之下迅速壮大,鼎盛之际一度有控弦跃马之士数十万,远近诸夷莫不宾服。这个民族就是赫赫有名的拓跋鲜卑,彼时的部落首领叫作拓跋力微,北魏建立后追尊其为始祖神元皇帝。

巍巍兴安、汤汤呼伦、茫茫敕勒,都留下拓跋鲜卑迁徙的历史印迹。后来的历史无须赘述,公元四世纪,拓跋氏南下中原,建立北魏,雄踞于中国北方。随后的二百余年岁月里,鲜卑人主宰了中原历史舞台,长城内外、黄河南北,南箕北斗、文明交融。这个来自遥远东北的民族仿佛一点星星之火点燃了整个神州大地,把鲜卑这个名字镌刻在中华历史的璀璨星空之中。

公元四世纪以前,拓跋鲜卑主要活动在今天的内蒙古地区,这里也是其发展壮大的重要地域。多年以来,内蒙古地区相继出土了大量鲜卑遗存,其中就有造型多样的金牌饰,在继承匈奴文化特点的基础上,有着鲜卑民族自身独特的风格。鲜卑属于游牧民族,其畜牧业兴旺发达、多出良马。其先祖东胡人就以养马、驯马和驭马而闻名天下。作为东胡后裔的鲜卑人继承了其先祖的养马技术并发扬光大。在出土的鲜卑陶器纹饰中，有大量姿态各异的马纹图案，马的体态也或肥或瘦，可谓是惟妙惟肖，说明马文化已经体现在鲜卑人社会生活的各个角落。

"云鬓花颜金步摇，芙蓉帐暖度春宵。春宵苦短日高起，从此君王不早朝。"诗中提到的步摇是中国古代的一种装饰物品，它多用金玉等材料制作，呈树枝形状，考究的则在树枝上缀有花鸟禽兽等装饰物，当佩戴者行走时，饰物随着步履的颤动而不停地摇曳，因此得名"步摇"。步摇最早见于战国时期，楚国宋玉的《讽赋》之中有"垂珠步摇，来排臣户"之句，至魏晋时期已成为妇女常见的头饰。步摇不仅流行于中原地区，北方少数民族对其也十分喜爱，他们多以草原上常见的羊、马、鹿等动物形象作为主题纹饰，相传鲜卑慕容氏之名称"慕容"即为步摇谐音。鲜卑族的马头、牛头、鹿角形金步摇造型粗犷中不失精致，古朴中不失奢华，既体现了鲜卑族高超的手工艺水平，也展现了这一古老民族的文化历史和民族特色，具有很高的历史和艺术价值。

鲜卑民族的影响是深远的，正如诗中所描绘的"胡音胡骑与胡妆，五十年来竞纷泊"。中国历史上最辉煌灿烂的隋唐盛世处处都有鲜卑的印记，"圣人天子"隋文帝和"天可汗"唐太宗都有鲜卑血统。然而辉煌之后便是暗淡，隋唐时代鲜卑已不再作为政治实体和民族实体存在，便如流星划过夜空一般慢慢消失在历史长河之中。时至今日，我们还能找到鲜卑民族发展的痕迹吗？

清乾隆年间，伊犁将军明瑞为充实新疆边防卫戍之军，上奏折言道，盛京有锡伯兵数千驻守，世代狩猎为生，可当国家重任。这里提到了一个略显陌生的民族——锡伯族。有清一代，为拱卫西北边防，上千名锡伯族官兵偕同眷属离开东北盛京，一路跨越科尔沁、乌珠穆沁、乌里雅苏台、阿勒泰直至伊宁，横渡万里为国守边。西行带去的不仅是扬威异域的赫赫军功，还有民族转型的壮丽诗篇。被誉为锡伯民族"母亲河"的察布查尔大渠，便是一条为了解决西迁锡伯族人口增长和耕地不足而开凿的水渠。察布查尔大渠费时七年，竣工之后河水灌溉无虞使伊犁河南岸的荒野变成了粮仓，此后西迁的锡伯人也完成了从射猎民族到农耕民族的转变。

锡伯族和鲜卑族同样走过了壮烈的民族迁徙之路。如果说"鲜卑—西伯利亚"存在关联，那"锡伯—西伯利亚"发音更是相近，两者之间，是否存在某种联系呢？2007年，通过对古鲜卑墓葬中提取到的DNA样本与当代锡伯族人进行样本比对，证实现代锡伯族人群很可能是古代拓跋鲜卑的后裔。由此基本可以认为，锡伯正是拓跋鲜卑南迁之时留守在起源地的沧海遗珠。当拓跋鲜卑已在中原沉沙留影之际，锡伯人还游猎于祖宗的故地，作为一个民族遗世独立，千年聚而不散。

漫长的迁徙之路，每一步都在用生命书写历史，这不仅是锡伯民族200年的历史，也是拓跋鲜卑跨越一千年的历史。毫无疑问，这是华夏长河中一段最生动美好的故事。

附：

北魏王朝世系表：

庙号	谥号	姓名	生卒年
太祖 （元宏改庙）	宣武皇帝 道武皇帝 （拓跋嗣改谥）	拓跋珪 （什翼珪）	371—409 年
太宗	明元皇帝	拓跋嗣 （木末）	392—423 年
世祖	太武皇帝	拓跋焘 （佛狸伐）	408—452 年
—	南安隐王	拓跋余	不详—452 年
恭宗	景穆皇帝	拓跋晃	428—451 年
高宗	文成皇帝	拓跋濬	440—465 年
显祖	献文皇帝	拓跋弘	454—476 年
高祖	孝文皇帝	元宏 （拓跋宏）	467—499 年
世宗	宣武皇帝	元恪	483—515 年
肃宗	孝明皇帝	元诩	510—528 年
敬宗	武怀皇帝、 孝庄皇帝 （元修改谥）	元子攸	507—530 年
—	孝武皇帝、 （元宝炬谥） 出皇帝 （元善见谥）	元修	510—535 年

（此表统计到北魏分裂之前，东、西魏分立后帝系传承及部分追谥为帝的不列入统计）

北魏立国之前代王世系表：

庙号	谥号	姓名	生卒年
不详	圣武皇帝	拓跋诘汾	不详
始祖	神元皇帝	拓跋力微	174—277 年
—	文皇帝	拓跋沙漠汗	不详—277 年
—	章皇帝	拓跋悉鹿	不详—286 年
—	平皇帝	拓跋绰	不详—293 年
—	思皇帝	拓跋弗	不详—294 年
—	昭皇帝	拓跋禄官	不详—307 年
—	桓皇帝	拓跋猗㐌	不详—305 年
—	穆皇帝	拓跋猗卢	不详—316 年
—	—	拓跋普根	不详—316 年
—	哀皇帝	拓跋始生	不详—316 年
—	平文皇帝	拓跋郁律	不详—321 年
—	惠皇帝	拓跋贺傉	不详—325 年
—	炀皇帝	拓跋纥那	不详—337 年
—	烈皇帝	拓跋翳槐	不详—338 年
—	昭成皇帝	拓跋什翼犍	320—376 年
—	献明皇帝	拓跋寔（拓跋珪之父）	不详—371 年
—	道武皇帝	拓跋珪	371—409 年

十、巾帼从不让须眉——
从独孤天下走向隋唐盛世

古装历史题材电视剧《独孤天下》自2018年开播以来，受到了极大关注，赚足了人气和流量。该剧背景横跨魏、周、隋三朝，剧中人物包括个性鲜明又艳压群芳的独孤三姐妹、"古代第一岳父"独孤信，腹黑阴狠而又深情款款的太师宇文护都引发了观众热烈的讨论。相比于古装影片广泛取材的秦汉、三国、两宋，大部分观众对于北周了解不多。事实上，作为上承两晋十六国下启隋唐帝国的北朝（包括北魏，东、西魏，北齐、北周）在中国历史上占有重要地位。正是在北朝时代实现了中国历史上第一次民族大融合，为统一多民族国家奠定了坚实基础。同时北朝也在政治、经济、军事等多方面开展了一系列重要改革，为此后隋朝施行三省六部制、科举制等改变历史进程的重大制度埋下了伏笔，可以说正是"西魏—北周"的沿革开辟了隋唐盛世。而剧中独孤家三姐妹以她们因缘际会般的传奇命运成为隋唐盛世的缩影，千百年来一直为人津津乐道。

北朝肇基于北魏王朝，其建立者是起源于大兴安岭的鲜卑拓跋部落。有别于十六国中一些旋兴旋灭的少数民族政权，拓跋鲜卑入主中原之后非但没有快速败亡，反而统一了中国北方并延绵了150余年国祚，在历史长河中书写了不凡的业绩。为何命运独独眷顾拓跋氏？其中当然有很多原因，但最关键、最深远的毫无疑问是北魏高祖孝文帝拓跋宏全力推行的汉化改革。相比于鲜卑原生文明，汉族的文化和政治制度无疑更加先进。于是以孝文帝为首的鲜卑贵族们纷纷峨冠宽袍、拾起儒家经典，以至于南朝使者到了洛阳后才发现中原文明尽在此地。从这层意义上看，似乎孝文帝改革成功了，殊不知巨大的隐患也在酝酿。就在洛阳城中的鲜卑贵族们翻翻慕华之时，世守边陲的鲜卑军户则由国之干城逐步沦落为落魄的镇户、府户，双方矛盾日益积累，最终发展成了毁灭北魏王朝的六镇大起义。

历史在这里走到了拐点，有道是"乱世出英雄"，六镇起义虽然为北魏王朝敲响了丧钟，却也诞生了一批新的英雄，"独孤天下"的男人们走到了历史前台，其中首推北周王朝的实际缔造者，后被追谥为周太祖文皇帝的宇文泰。

宇文泰出生于六镇之中的武川镇（今内蒙古自治区武川县西北），属于鲜卑宇文部后裔，自小深受汉文化影响，可谓胸怀大志、文武双全。在魏末的乱局中，宇文泰逐渐脱颖而出，成为关陇军事集团首领。在北魏分裂为东、西魏后，其又挟天子以令诸侯，成为西魏政权的实际控制者。相比东魏掌权者高欢，宇文泰最大的不同在于其在政治、军事制度创新方面更有建树。西魏地处荒僻、物产贫瘠，人口和兵源稀少，国力远弱于东魏和南朝。正所谓"穷则变、变则通"，宇文泰通过了一系列政治、军事制度改革，使原本综合实力最弱小的西魏—北周政权不断强大，并先后平定了汉中、巴蜀、江陵，最终消灭北齐统一北方，为隋朝统一全国打下了坚实基础，这其中当数府兵制度对后世影响最为深远。

府兵泛指军府之兵，起源于鲜卑族早期的部落兵制。为了与东魏相抗衡，宇文泰把流入关中地区的六镇军人和原在关中的鲜卑诸部编为六军，其核心包含了八名柱国大将军（仿效古鲜卑八个部落）、十二名车骑大将军、二十四名开府（开府即府军之名由来）。其中宇文泰作为全军统帅居诸将之上，西魏宗室元欣仅挂虚名，实际分统府兵的只有六柱国，这也与周天子时代有六军之制相符。府军系统内六柱国各统两名大将军，每名大将军各统两个开府。《独孤天下》中的独孤信和独孤曼陀丈夫李昞之父李虎（即唐高祖李渊之祖父）皆为六大柱国，杨坚之父杨忠为独孤信统率下的大将军之一。就是从这八柱国十二大将军中，产生了从西魏至唐初的主要门

阀政治家族,其被后世称为关陇贵族集团(因为以上人员籍贯基本都在陕西关中或甘肃陇山一带而得名)。周、隋、唐三代皇室都出自这些家族——如宇文泰子孙为北周皇族,李虎子孙为唐朝皇族,大将军杨忠子孙为隋朝皇族,而周明帝皇后、隋文帝皇后与唐高祖李渊之母都出自八柱国里的独孤信家族,可以说"独孤家"的女儿们见证了周、隋、唐三代王朝。至唐太宗时期,关陇集团已趋于没落,新兴的山东集团与其分庭抗礼,唐太宗死前任命长孙无忌为顾命大臣已是关陇集团最后的绝唱。武则天执政期间欲消灭唐室之势力,遂开始施行破坏关陇集团的种种准备,如崇尚进士文辞之科、破格起用山东等地寒门之士,至玄宗时期,改行募兵制,传统府兵制度已彻底崩坏,至此关陇贵族也完全退出了历史舞台。

附：

八柱国十二大将军示意图（北周大统十六年时职务）：

姓名	官职、爵位	统率大将军		备注
宇文泰	柱国大将军、都督中外诸军事、太师、大冢宰、大行台、录尚书事、安定郡王	—		西魏时代总揽朝政，位在众臣诸王之上，后被追谥为周太祖文皇帝
元欣	使持节、太傅、柱国大将军、大宗伯、大司徒、广陵王	—		西魏宗室，主管宫中事务，无统兵权
李虎	使持节、太尉、柱国大将军、大都督、尚书左仆射、陇右行台、少师、陇西郡开国公	使持节、大将军、大都督、淮安王元育	使持节、大将军、大都督、秦州刺史、章武公宇文导	其先祖为西凉武昭王李皓，其孙李渊建立唐朝后追谥其为唐太祖景皇帝
李弼	使持节、太保、柱国大将军、大都督、大宗伯、赵郡开国公	使持节、大将军、大都督、雍州刺史、高阳公达奚武	使持节、大将军、大都督、阳平公李远	其孙为隋末瓦岗军领袖李密
独孤信	使持节、柱国大将军、大都督、大司马、河内郡开国公	使持节、大将军、大都督、齐王元廓（西魏废帝）	使持节、大将军、大都督、陈留公杨忠（其子杨坚建立隋朝，追谥其为隋太祖武元皇帝）	其三女分别嫁给北周明帝宇文毓、唐国公李昞（李渊之父，后被追谥为唐世祖元皇帝）、隋文帝杨坚
赵贵	使持节、柱国大将军、大都督、大司寇、南阳郡开国公	使持节、大将军、大都督、广平王元赞	使持节、大将军、大都督、平原公侯莫陈顺	为宇文护所杀

续表

姓名	官职、爵位	统率大将军	备注
于谨	使持节、柱国大将军、大都督、大司空、常山郡开国公	使持节、大将军、大都督、范阳公豆卢宁	使持节、大将军、大都督、岐州刺史、武威公王雄	攻下梁都江陵，带头拥立宇文护，功勋卓著
侯莫陈崇	使持节、柱国大将军、大都督、少傅、彭城郡开国公	使持节、大将军、大都督、化政公宇文贵	使持节、大将军、大都督、荆州刺史、博陵公贺兰祥	为宇文护所逼自尽

独孤氏三皇后情况表：

姓名	谥号	丈夫	子女
独孤氏（独孤信长女）	北周明敬皇后	周明帝宇文毓	—
独孤氏（独孤信四女）	唐元贞皇后	唐国公李昞（追谥为唐世祖元皇帝）	梁王李澄、蜀王李湛、汉王李洪、唐高祖李渊、同安公主
独孤伽罗（独孤信七女）	隋文献皇后	隋高祖文皇帝杨坚	房陵王杨勇、隋炀帝杨广、秦孝王杨俊、蜀王杨秀、汉王杨谅、乐平公主杨丽华、襄国公主、广平公主、兰陵公主